旅と俳句のつれづれ草紙

落山泰彦
Ochiyama Yasuhiko

澪標

忘れがたき故郷

校舎なき跡

昔の小学校

落山家先祖の墓　右端が阿闍梨の墓

銀の馬車道

吉冨　畑川原の池

銀の馬車道

道の駅

畑川原の銀馬車

銀の馬車道交流館

銀の馬車道

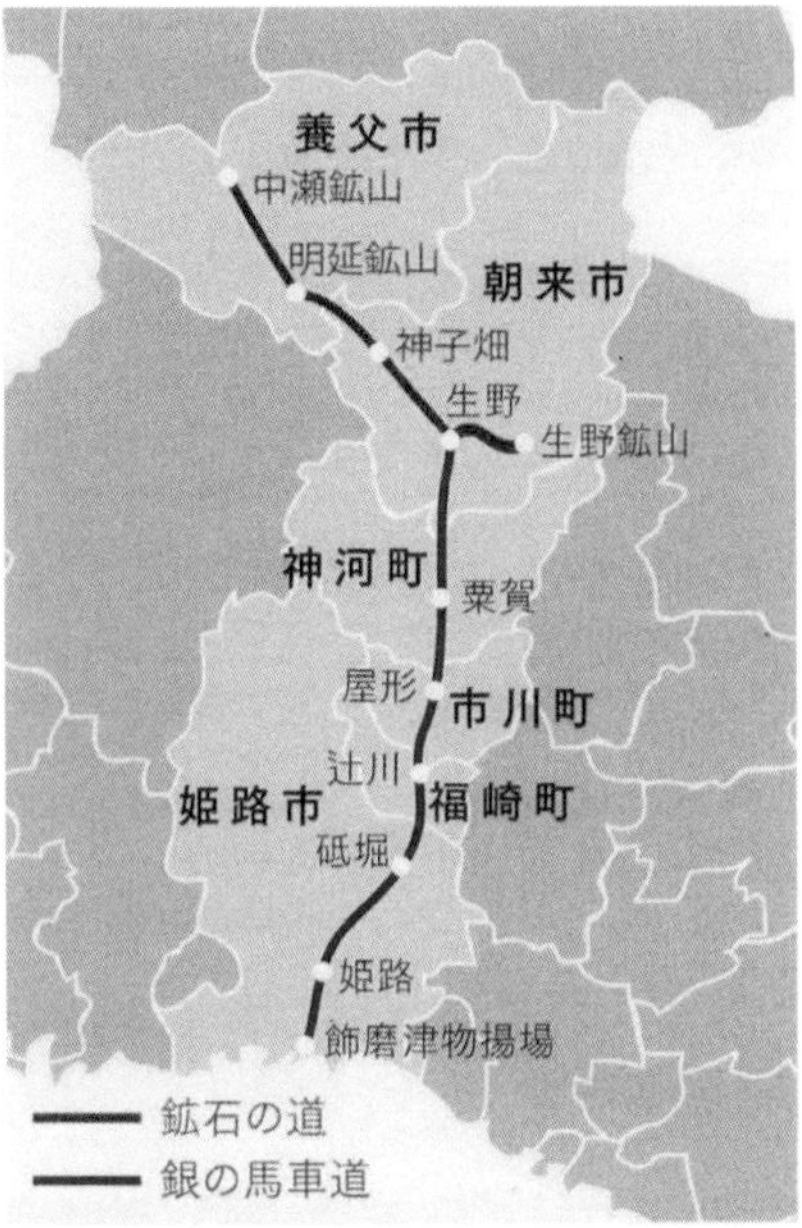

橋本《はしもと》 忍《しのぶ》
(1918-2018)

市川《いちかわ》が生《う》んだ偉大《いだい》な脚本家《きゃくほんか》・橋本忍《はしもとしのぶ》。1951年《ねん》ヴェネツィア国際映画祭《こくさいえいがさい》でグランプリを受賞《じゅしょう》した黒澤明監督《くろさわあきらかんとく》「羅生門《らしょうもん》」で脚本家《きゃくほんか》としてデビューし、その後《ご》も「七人《しちにん》の侍《さむらい》」など8本《ほん》の黒澤《くろさわ》作品《さくひん》に参加《さんか》したほか、「砂《すな》の器《うつわ》」「八甲田山《はっこうださん》」などのヒット作品《さくひん》も手《て》がけました。

橋本忍記念館 市川町

市川町出身で黒澤明監督とともに日本映画界を支えてきた、シナリオライター・橋本忍氏の資料を展示。
◆市川町西川辺715
◆9～18時、火曜・第3木曜・祝日の翌日・12/28～1/4休館
[問] 市川町文化センター内　0790-26-0969

市川町文化センター

旧海軍司令部壕

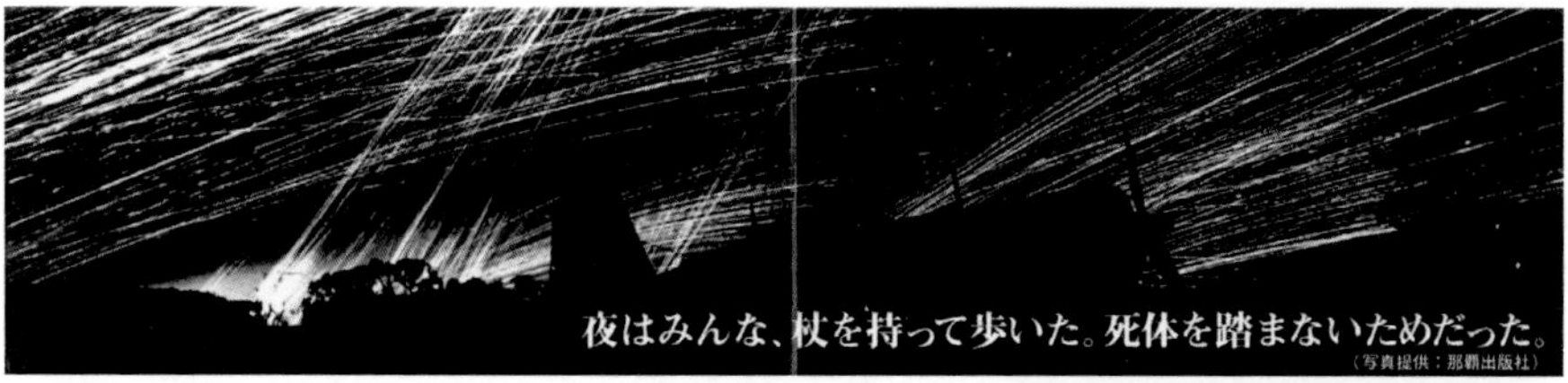

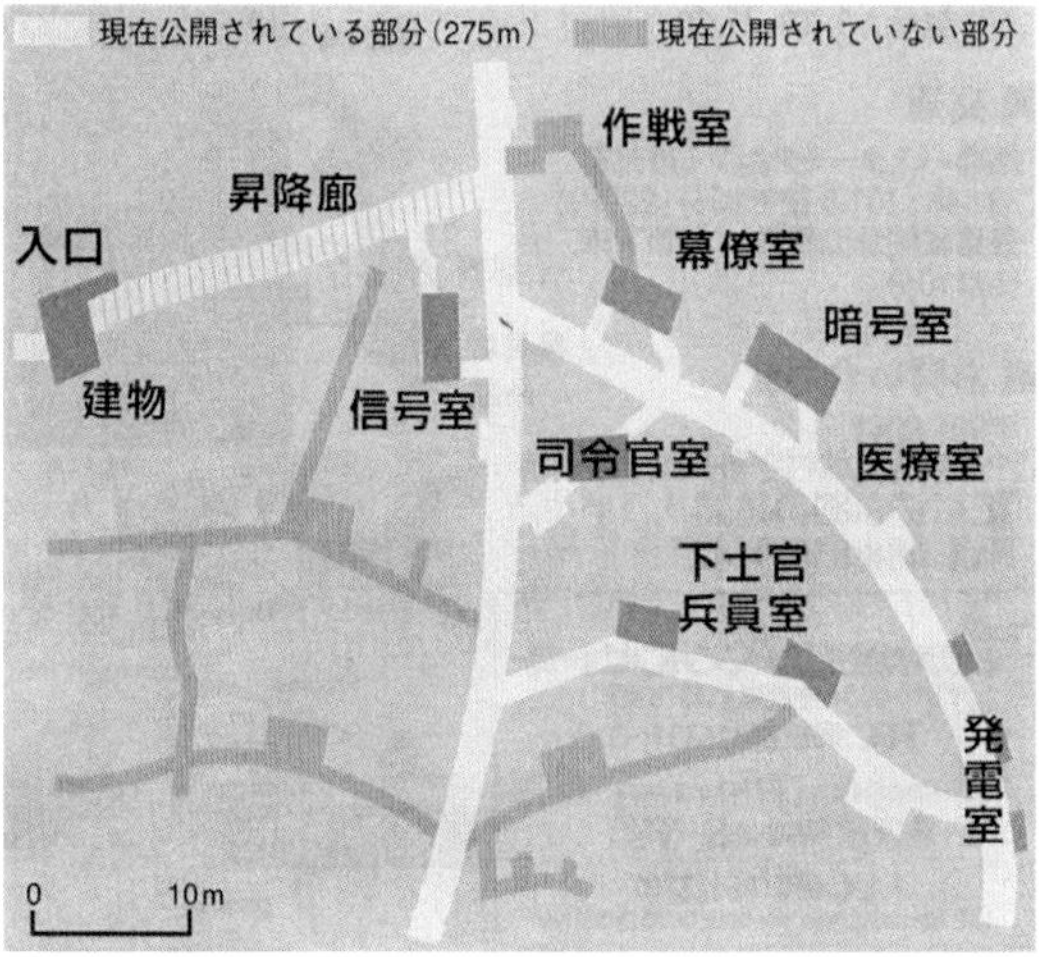

壕内見取図

済州島の思い出

連れ合いとの二人旅
溶岩が木の上に落ちて固まった石

トルハルバンと囲碁仲間たち（2004年7月）
前列右端が山上さん

囲碁愛好会の旅
前列右端が筆者、その横が平良さん（沖縄の病院の会長）
その横が東郷さん（元船長）

インドの旅

サルナート（鹿野園《ろくやおん》）
釈尊が初めて説法した
初転法輪の地

ガンジス川の沐浴風景

ガンジス川の日の出

タ・プロム寺院　発見当初のままで保存されている

タ・プロム寺院

象のテラス

タ・ケウ　ピラミッド型ヒンドゥー寺院

雲南の道をゆく

玉龍雪山の雄姿

民族衣装を着たチベット族の娘さん

雲南の草原

西湖を訪ねて

西湖の夕空

宝石山遊歩道より西湖の一望

お札の図になった西湖

黄山を歩く

飛来石
突き出たような石

排雲亭

高山植物（トリカブト）
トリカブトの花は美しいが、
植物界では最強の有毒植物である

香港から広州、そして桂林へ

香港の水彩画

象鼻山《しょうびさん》

桂林の奇峰

漓江くだり

天津・北京 冬の旅

天津駅にて

「狗不理」の前にて

頤和園《いわえん》・石舫《せきぼう》　氷結した昆明湖に夕日が照らす

北京 秋の旅

八達嶺長城（北京北東）

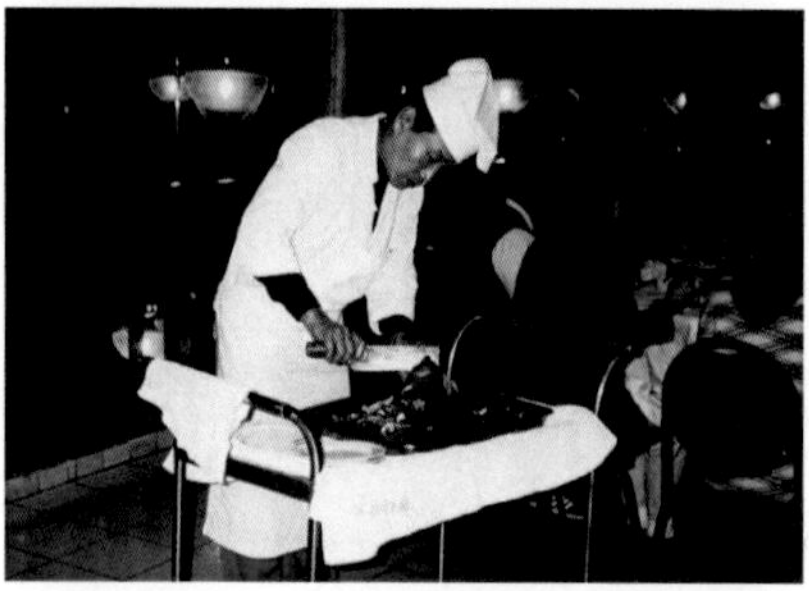

北京ダックの店（全聚徳）

胡同《フートン》巡り

金山嶺長城（河北省）

モンゴルの旅

ガンダン寺
数少ないチベット仏教の寺院

羊の解体作業
おじいさんに教えてもらっている孫
（レバーを生で食べる東京からの人）
（一番の美味は脳味噌らしい）
写真・東京からの人はカット

狩猟族の家と民族服

騎馬隊

投石機

さまざまな戦法を駆使して戦ったモンゴル軍は、当時の文明先進国だったホラズム王国や中国が開発した兵器も、いち早く導入した。カタパルトと呼ばれる投石機もそのひとつ。サマルカンド（ウズベキスタン）などの城塞を攻めるのに使われた。城壁や門に石をぶつけて壊したり、燃えたタールを城内に投げ込んだりしたという。数十キログラムの重さの石を遠くに飛ばせるほど高性能なものだった。

また、最初は動物の骨や革、腱などで作られていた武具も、先進地域の征服過程で鉄や銅の使用へと変化した。

旅と俳句のつれづれ草紙

目次

装幀　森本良成

はじめに

八十五年の歳月が流れ
今日もこの地に
しっかりと足を据えて
懸命に生きつづけている

人の情けを借りながら
この長い道程《みちのり》を
曲がりなりにも歩んできた
今は感謝の雨嵐

幸せとは不安がないことと
薄幸に苦しんだ啄木は言った

私には大小の不安だらけだ
啄木のように極貧には晒されなかった

ともあれ生きていることに感謝し
一日一日を大切にして
ペンを走らせていこう

私は母を亡くした心のショックを初めて俳句に詠んだ。

辛夷《こぶし》咲く母亡き里の山白し

それは昭和五十六（一九八一）年のことで、それ以後は師につかず、句会に入らず、誰にも見せようともせず、せっせと俳句をノートに書き込んでいった。

今、手許のノートの俳句を数えてみると約五百句もあった。句集ならすぐ出来るが、『おくのほそ道』のように散文を入れながらの方が、書く方も読んでもらう方も面白いのではないかと、この『旅と俳句のつれづれ草紙』の出版企画を思いついた。

俳句はいちいち句の説明は不要だが、読み手にわかりづらい句もあり散文を入れて編集してみた。又、小学生から百歳の方まで広い層に読んでもらいたく、わかりやすい文章で、漢字の相当部分にルビをふっている。

さあ、この企画がよかったのかどうか。読み手側の反応が気にかかるが、私はプロの俳人でもないので、その点贔屓目《ひいきめ》に見て、読み流して頂ければ幸いである。

令和五年　秋も深まった頃に

Ⅰ　おくのはりま道

(一) 忘れがたき故郷《ふるさと》

その一　奥播磨は私の故郷だ

俳聖芭蕉の「おくのほそ道」に模して、私の人生や旅の思い出の俳句を散りばめながら、紀行文にして綴ってゆきたい。思えば私は今までに約五百句詠んでいるので、追々とそれらの句を入れていくことにする。尚、芭蕉は原稿の清書に「おくのほそ道」(「奥の細道」ではない)と書いているので、このタイトルもそれに準じている。

春の山道は山桜や辛夷《こぶし》が咲きほこり、道端に菫《すみれ》がひっそりと咲いている。

山路来て何やらゆかし菫草　　芭蕉

菫ほどな小さき人に生れたし　　漱石

私は山道を歩きながら可愛い菫を見つけ、なんとはなくこの有名な二句を思い浮かべた。漱石と親交のあった子規は「菫ほどな」のながが松山弁のなもしのなまりにも似て嫌がっていたと言われている。出版物によっては、このながカットされている。私も字余りになるが、なはなると断定して念を押しているようで、元の句の方を採りたい。

夏の訪れと共に笹百合が、どんな香水にも負けない芳香を放ち、人知れず咲いている。笹百合の周りを猪がうろうろしている。この香水に酔いしれているのではなく、狙いは百合根で、これを好物としているからだ。

秋も深まり風が吹き抜けると、どんぐりがパラパラと音をたてて落ちてくる。そして近くの池にコロコロと転んでいく。童謡のシーンが目前にあらわれてくる。何だか淋しさが漂ってくる秋の夕暮れが続くと、キッパリと冬はやってくる。

冬は寒さが厳しく池面は凍《こお》りつき、何日も雪が降り続く。竹が雪の重みに耐えかねて、パンパン、バシッと深夜の静寂を破るのもこの季節のことだ。

木馬《きんま》きしみ兎とび出す山路かな

木馬は樫の木で作ったソリに似た形の荷を運ぶ道具の一つ。切り倒された材木を、木馬が、松材や竹材を敷きつめた山道を滑《すべ》るようにしてきしみながら、集落まで運びこんでくる。冬の風物詩の一つだ。

奥播磨の山間《やまあい》の里で生まれた私は、本年（令和五年）の六月十六日で齢八十五になった。

蚊帳《かや》の中生まれし吾は八十五

小さい頃はよく風邪をひき、下痢をし、皮膚も弱く、祖母に連れられ、バスで播但線の寺前駅前の医院まで太陽燈を当てにいったものだった。

九人兄弟の末っ子に生まれ、すぐ上の兄とは六歳も離れ、まるで一人っ子のように母の愛情を一身にうけ大きくなった。一度も叱られた記憶はなく、「勉強しなさいよ」と言われたこともない。毎日毎日、遊んでばかり。空気もよく、水もよい、こんな田舎でのんびり育ったのが長寿の秘訣かもしれない。

この世の中で一番好きだった母は、昭和五十六（一九八一）年四月七日黄泉《よみ》の国へ旅立っていった。享年八十三歳だった。

辛夷《こぶし》咲く母亡き里の山白し

この句は私の最初の作で、母を亡くしたことで私の心も真白になっていた。思わず浮かんだ句である。私の集落がある東の山が、一面に白く染まっているのを見たのはこのときが初めてだった。

葬儀にきた菩提寺の法印さんは、「今年の冬は例年になく寒さが厳しかったので、辛夷がこんなに咲きほこったんでしょう」と話していた。

母が布団を敷いて寝ているのを私は見たことがない。夏はいつも涼しい部屋でそのままころんと横になり、いつも昼寝をしていた。その母が一週間ほど床に臥せ、姫路に住む長女の緑姉が看病していた。今日は体調がよいと一人で風呂に入り、浴衣《ゆかた》の袖を通しにかかったところで旅立ったらしい。

私は名古屋から大阪営業所に転勤まもなくのことで、忙しい日々を送っており、気にはかけていたが見舞いに帰郷できなかったのが、心残りであった。実家の跡を継いでいた亮三兄が、マンション購入の祝いをもって拙宅に来てくれた。当時このマンション・ASTEM《アステム》は日本で有数の高層マンションで、ゴミの真空輸送装置が売り物だった。各階にゴミの投入口があり、フタを開けてゴミをポーンと投げ入れることができるのだった。

兄からこの話を聞いて、奇麗好きの母が、これを一目見たいと言って死んだらしい。もう少し長生きしてくれていたら、この新居に母を呼んでやりたかったと、今でも時々、思うことがある。

私は今、遠い古里の風景や少年の頃を思い出しながらペンをすすめている。

口あけて風花追うは幻か

今年・令和五（二〇二三）年に入り、コロナの悪魔ウイルスは又々、猛威をふるい出し、その暴れん坊ぶりは恐怖の一言に尽きる。何とかぼつぼつ永遠の眠りについてくれないかと、祈るばかりだ。二月に入り感染率は低下傾向にあり、政府は感染症をインフルエンザ並の「5類」に入れて、マスクも強制しない方針に傾きかけている。

間もなく立春を迎える。英国の詩人シェリーの詩のとおり「冬来たりなば春遠からじ」である。

ここで今回の稿を最新作二句でしめくくりたい。

山眠るコロナも眠れネンコロリ

寒卵立ててうっとり一人部屋

その二　思い出あれこれ

私の故郷は、播磨国の一番北にあり峠を越せば、そこはもう但馬国である。ここを水源とする川といえば、南へはやがて市川《いちかわ》となり播磨灘に注ぎ、北へはゆっくり流れる円山川《まるやまがわ》となり日本海に注いでいる。

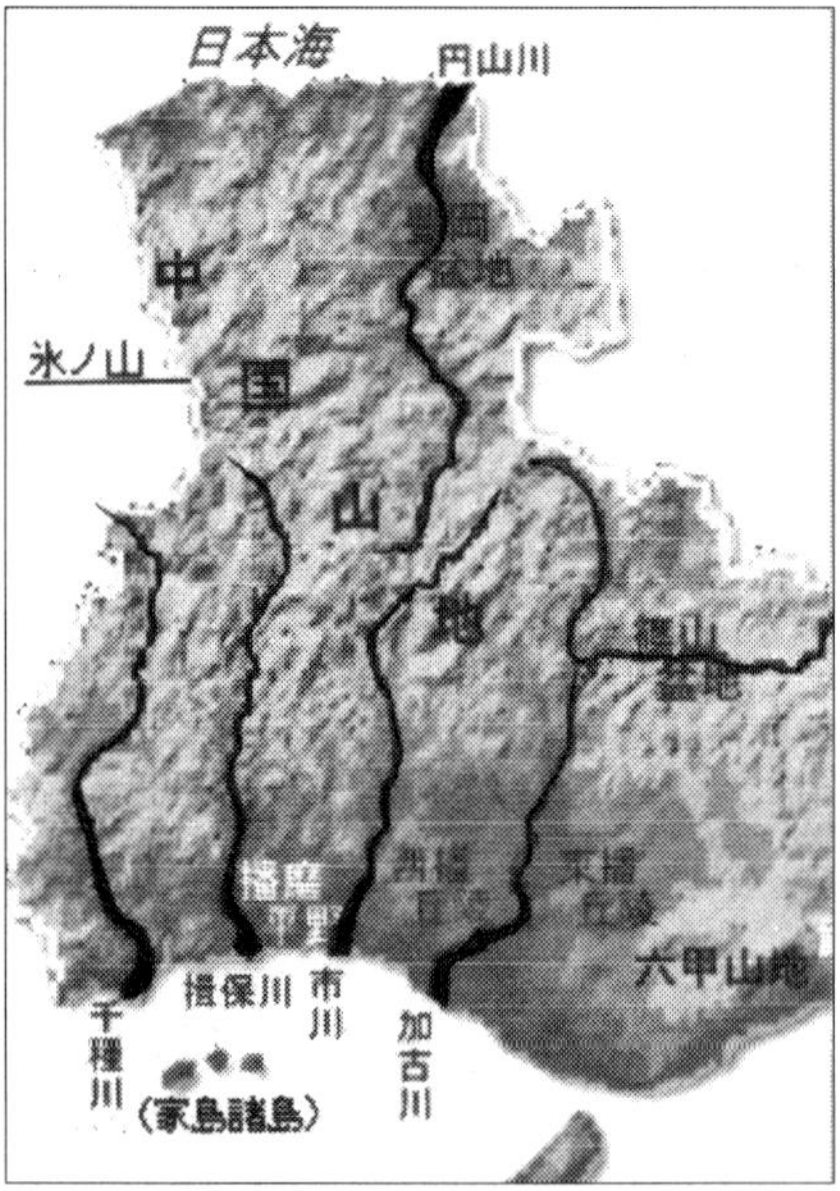

ジオテック㈱HPより

但馬国の南部には有名な生野鉱山があり、そこから峠を越えて姫路の飾磨港までは「銀の馬車道」と呼ばれ、「日本遺産」に登録されている。

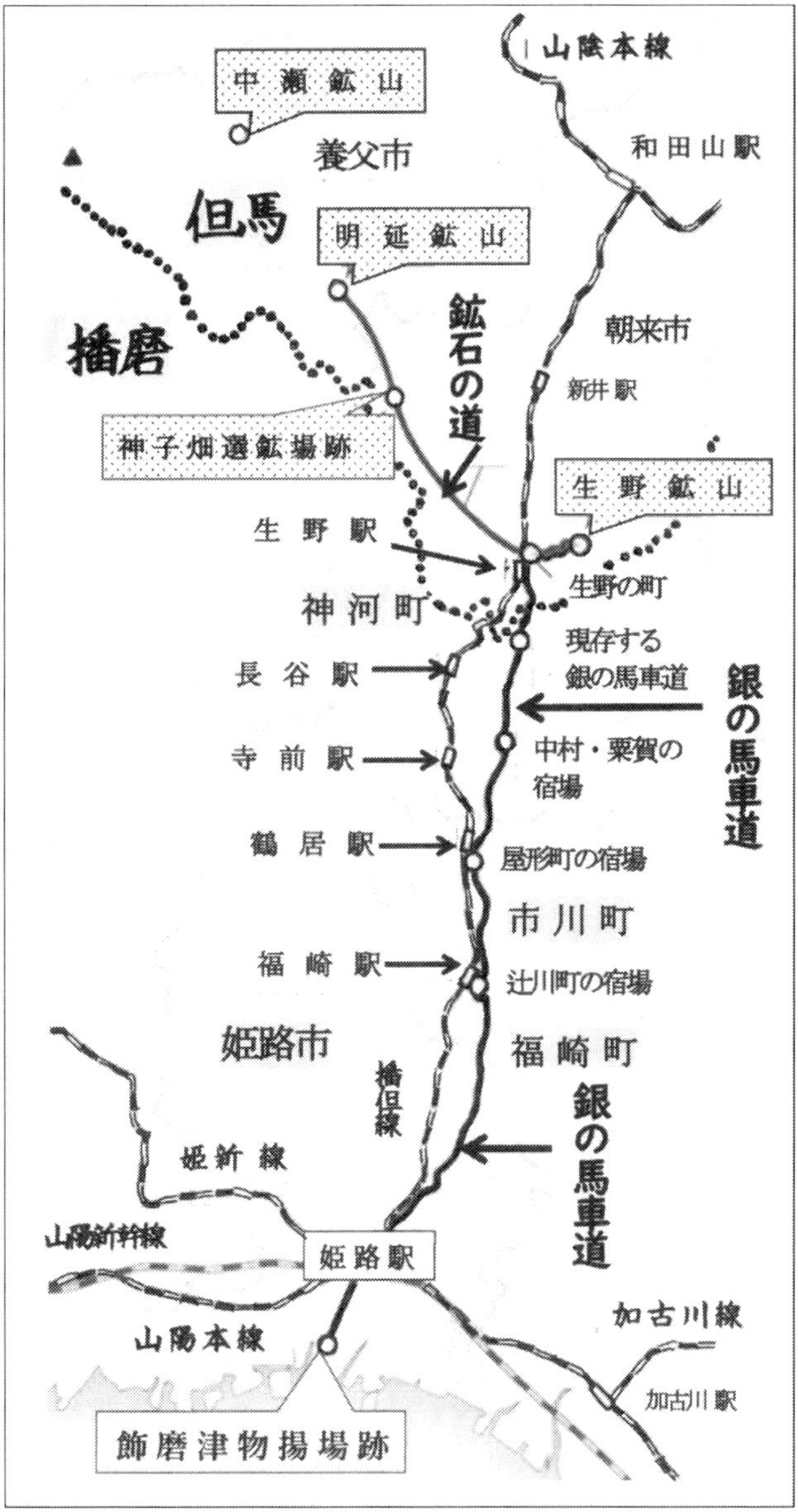

JR西日本blue signal HPを参考に作成

生野峠を南へ越えれば播磨国である。
生野鉱山から姫路飾磨港まで、
現在の市町村で図示すれば左の図になる。

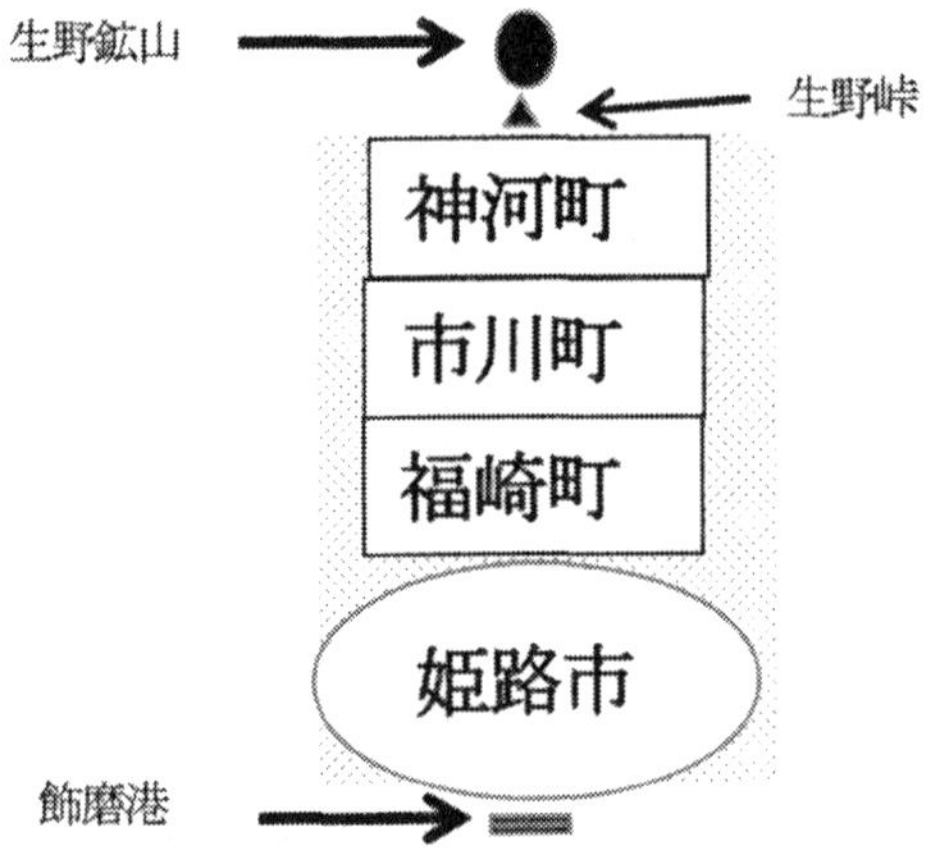

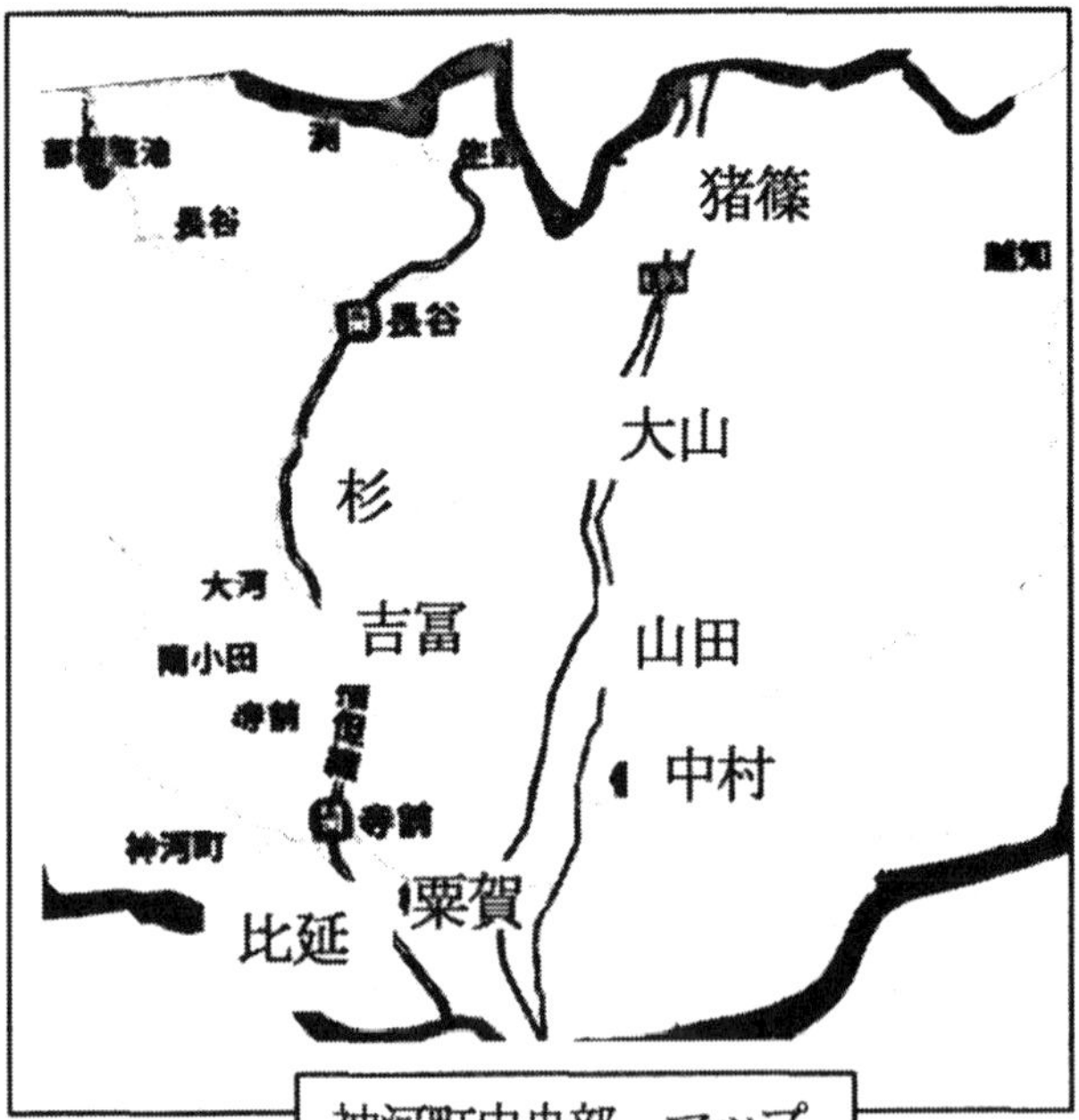

神河町中央部　マップ

兵庫県知事だった阪本勝はかつて大山村（現在の神河町《かみかわちょう》の猪篠《いざさ》・大山・杉・吉冨）の各部落を訪れたことがあった。農業、林業、畜産にわたって産業貢献する村ということでの視察であった。

この時の案内役は農業協同組合の組合長だった私の父、落山義雄と、当時の森林組合長や村長らが務めている。

その頃私は中学生だったが、わが家では家族全員が揃って夕食をとるのが恒例だった。父は晩酌しながら、こんな話をしていたのを覚えている。

「今日はなあ、県知事さんを村のあちこちに案内してきたんやが、峠の茶店の小川の前で散る桜の花びらを見て、それが南へ行くか北に行くか確かめるんやと言うてな、長いこと眺めておられたんや。そしたらな、『できたできた、ええ俳句ができた』いうて喜んでおられるんや。ほんまに今度の知事は多才な人で風流な方やった」

さあ、その時の俳句はどんなだったろうか？　花びらはどちらに向かって流れたのだろうか、私には知る由もない。

そんな、あれやこれやを思い出しながら、私なりの二句をつくってみた。

花筏《はないかだ》南か北か迷いけり

花筏銀馬車よりも川下り

この生野峠は今日では「ヨーデルの森」と称する神崎農村公園になっている。

阪本勝　明治32（1899）年～昭和50（1975）年は、戦前は兵庫県会議員、衆議院議員をつとめ、戦後は尼崎市長のあと、昭和29年より兵庫県知事を二期歴任した。この時期、但馬コウノトリ保護活動にも取り組み、文化知事としても評判になった人で、戯曲、詩歌、書、絵画と多彩な才能の持主だった。

歴史的文化遺産に指定されている兵庫県

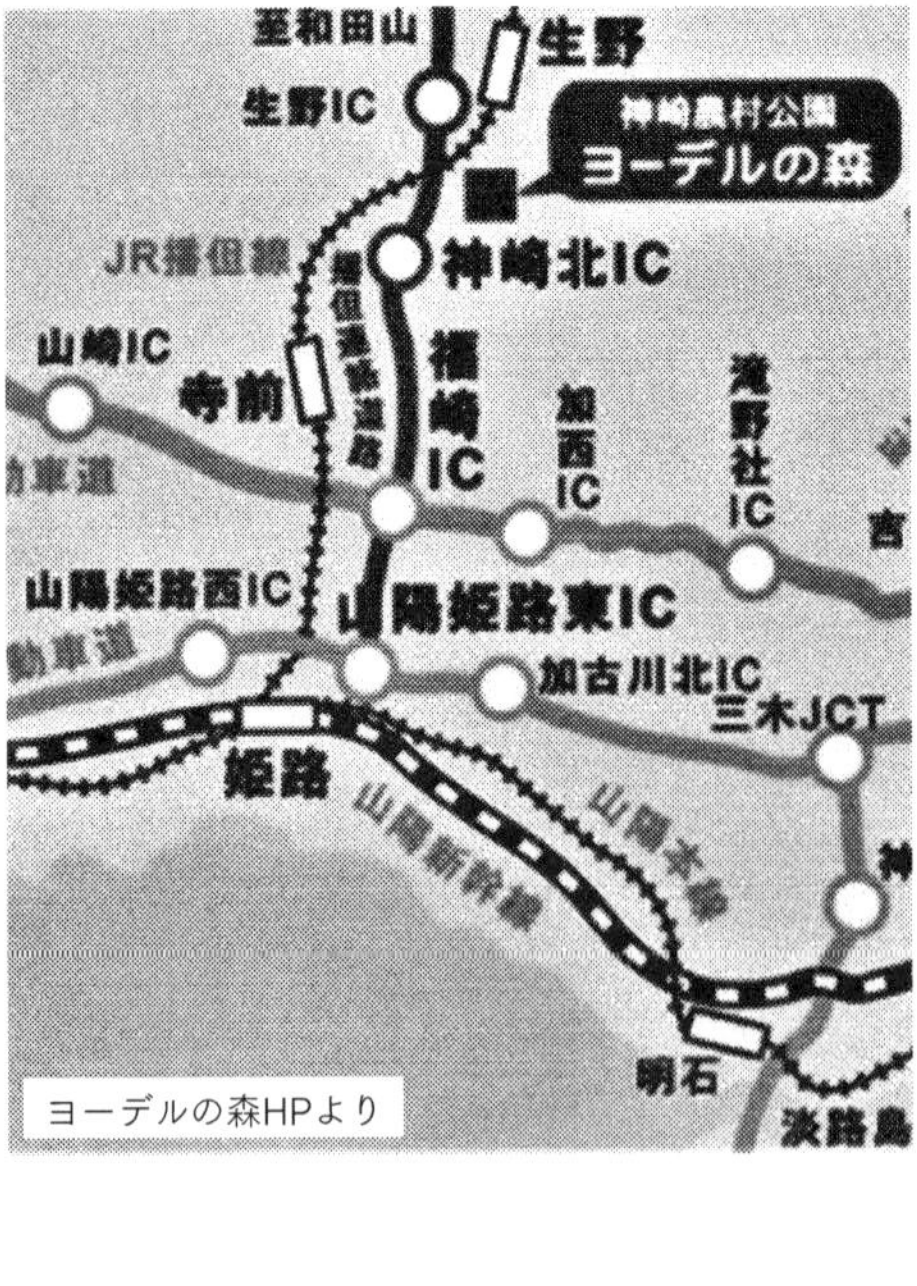

ヨーデルの森HPより

公館（神戸市中央区下山手通り）は、明治35年から昭和60年まで兵庫県本庁舎であった。ここに阪本勝の像が安置されている。

昭和2年には関西学院大の講師をしたこともある。私は在学中に古参の教授よりこんなエピソードを聞いた。当時、学院は禁煙だったので、愛煙家だった先生はその都度校門を出て、スパスパと一服してからそのあとサッと教室に入ってきて、椅子に腰かけて講義をされたと言う。それがなんとも一風変わった人に見えたらしい。

私の会社勤務が名古屋だった頃、この旧大山村の西山一体に「粟賀《あわが》ゴルフ倶楽部」ができた。やがて播磨地区の名門ゴルフ場として人気を博するようになった。

ネコもシャクシもクラブを握りはじめた時代で、私も下手の横好きで他の遊びよりゴルフを何よりのものとしていた。そしてこのゴルフ場で第一回の親戚メンバーによる「山里会」が開催された。皆は落山家と、松井叔父別宅に分かれて宿泊して、前夜祭が落山家で催され大いに盛り上がった。二回目以降は「ダンロップゴルフ」で開催され十数年間続くこととなった。

ここでゴルフ場で詠んだ三句を紹介しよう。

時鳥背《せな》で聞いてるティショット

時鳥風に託して木の間より

ゴルファーの干みみず見て陽は高し

時鳥（ほととぎす）の先人たちの句は数多あるが、中でも秀逸は杉田久女の句だ。

谺《こだま》して山ほととぎすほしいまま

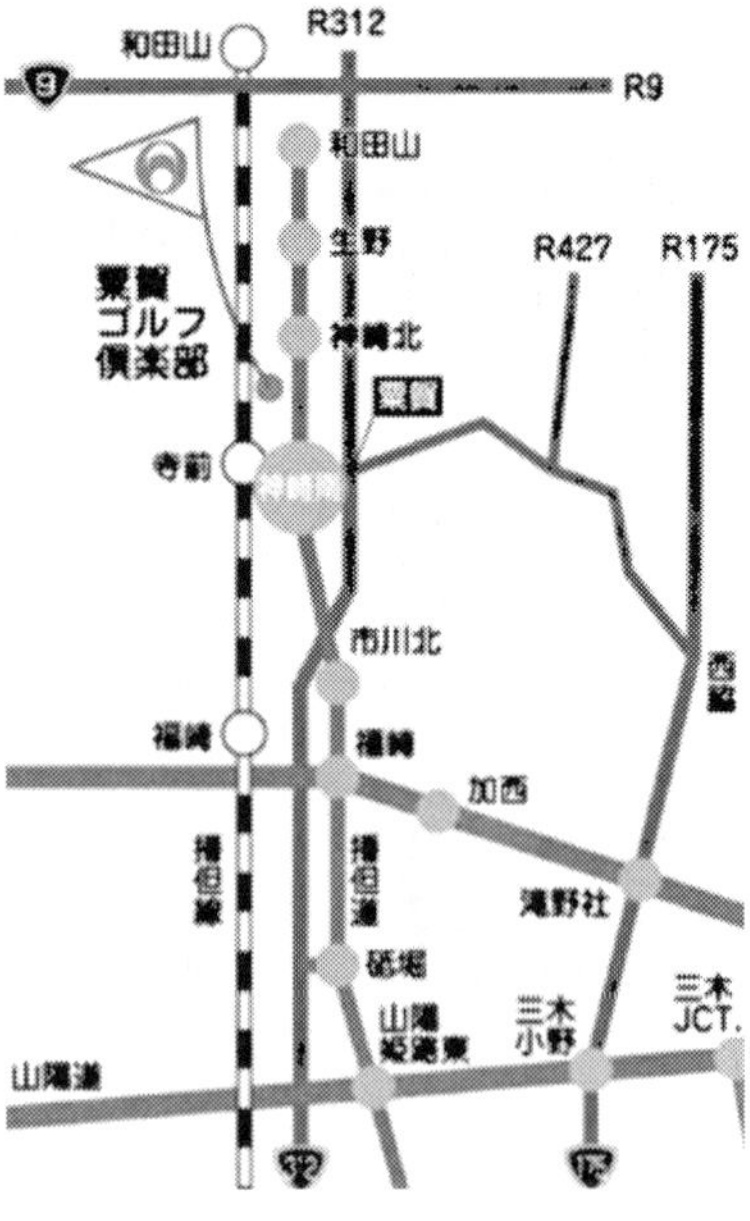

ほしいままがすばらしい。何回も霊山・英彦山《ひこさん》に登りこの句が生まれたといわれている。
※英彦山《ひこさん》：大分県と福岡県の県境にある山伏の三大修験霊場の一つ。

粟賀《あわが》ゴルフ倶楽部でその頃、予期せぬことが起こった。ゴルフ場のグリーンを守るために散布していた除草剤で、清流、猪篠川《いざさ》が汚染され、そこを住処としていた数々の魚類や生物たちが姿を消していったのだ。近年、農薬の毒性は少なくなっているので、やがては昔日のように生物たちが元気な姿をあらわしてくるであろうことを期待している。今度の帰郷時には川原に行き、確かめてみたいと思っている。

(二)　大山小学校　運動唱歌

久しぶりの里帰りが本年（令和5年）の10月下旬にできた。お陰様で姪っ子の幽香子の車に明石より乗せてもらっての里帰りだった。

先ず墓参りをすませ、甥っ子の浩一がいる実家に立ち寄り、母校大山小学校の『百年のあゆみ』（昭和48年発行）を借りて帰ってきた。

その本をペラペラとめくり拾い読みをした。一番懐かしかったのは、よく口ずさんだ運動唱歌である。

一、**雲にそびえる白岩の　三千余尺のそのふもと**
　　流れも清き猪篠川　さゝ舟浮かぶその岸辺

そして春、夏、秋の節と続き、冬の節が五節にある。

五、**白岩おろし吹きすさぶ　寒さはげしき冬の日も**
　　ベースボールやかけくらべ　テニスおにごといさましや

そして七節まで続いている。これだけの立派な運動唱歌であるが、制作年月日や作詞作曲者が不詳である。私の推察するところ、かなり年代は古い。三千余尺とかベースボールは今の世あまり使われない。ベースボールは通常は野球とよんでいる。

野球の言葉を作ったのは、他ならぬ正岡子規といわれている。子規は俳号で幼名は升《のぼる》であるが、それにちなみ野球という雅号を用いていた。野はの、球はぼる（ボール）でのぼると読む。従って子規生存中またはそれ以前の制作と考えられる。ちなみに子規は１８６７（慶応３）年～１９０２（明治35）年の生存である。

この運動唱歌はその後の調べでわかったことは、七五調の「紀元節」の替え歌らしい。

雲にそびゆる高千穂の　高根おろしに草も木も
なびきふしけん大御世《おおみよ》を　あおぎきょうこそたのしけれ

明治21年の歌で作詞者は薩摩出身の歌人・高崎正風。曲は運動唱歌らしく、少しアレンジ（編曲）されているように思える。歯切れがよく中々の出来栄えで歌い継がれていた。

※口絵参照　忘れがたき故郷

(三) 銀の馬車道を南へ行く

故郷の猪篠川は、村はずれで越知川《おちがわ》と合流し越知川となり、途中瀬加川の流れと併せて市川となり播磨灘へと注ぎこまれている。

銀の馬車道は市川の流れと共に集落を形成して、それらをつなぎ、今もレンガ倉庫が残る姫路の生野鉱山専用貨物港「飾磨津物揚場《しかまつものあげば》」へと続いている。

生野銀山は天領で、十世紀初頭まで播磨国神崎郡内の管轄であった為、生野以南は生野街道と呼ばれていた。

私が詠んだ叙事詩「生野街道」の一節である。

生野街道

ここは播州上吉富

心のふるさとなり
今の世は長閑《のどか》な平和そのものの里
その昔北端に関所あり
生野街道の最重要地と言われた
北に銀山の天領あり　南に福本藩あり
播磨と但馬の国境《くにざかい》
一番の難所と人々は恐れる
遍路の行き倒れも多し

時は戦国時代
戦乱の世は激戦地となり
死体がごろごろ　ごろごろ
明治維新にも数多の出来事を残し
今の世を迎えている

明治になり生野鉱山は政府の直轄となり、近代鉱山の第1号となった。明治政府はこれに伴い、外国人技師を招いて、鉱山から播磨の飾磨港まで「生野鉱山寮馬車道」という産業道路を増設。開通したのは明治10年、いわば近代高速道路の草分けである。役目を終えたこの「生野鉱山寮馬車道」は平成29年「銀の馬車道・鉱石の道」として日本遺産に認定された。

神河町吉冨に道の駅「銀の馬車道・神河」ができており、ここには神河町の名産品、仙霊《せんれい》茶、柚子《ゆず》製品、自然薯《じねんじょ》、山椒《さんしょう》佃煮《つくだに》などが販売されており、食事処もできている。

道の駅「銀の馬車道・神河」

かつて吉冨より数人の馬力引がかり出され、銀の鉱石が運び出されていた。日当が意外に安いので、不満がたまっていたようだ。

戦後も木炭車が走るまで馬車が木材運びに活用されていたのを記憶している。

また、神河町中村には「銀の馬車道交流館」があり、銀の馬車道の歴史を知ることができる。

現在の神河町にあたる吉冨の隣村、中村・粟賀の宿場は街としての形態を整えた面影を今の世にも残している。

ここには、姫路城主池田輝政の孫・松平政直が開いた一万石の陣屋御屋敷跡や、池田家の墓所・徹心寺が今もその旧跡を残している。

そして粟賀には名刹・法楽寺があり、別称、犬寺として伝説の忠犬物語をこの世に残している。以下は伝説のあらましである。

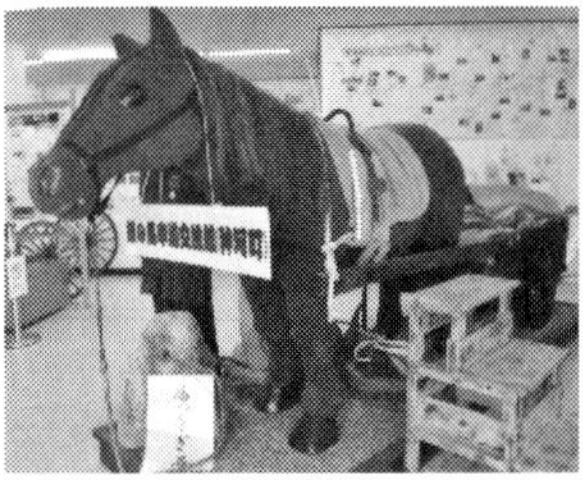

播州犬寺物語

むかしむかし、奈良の明日香に都があった大化年間の頃だ。

この粟賀の里に牧夫《まいぶ》長者という豪族が住んでいた。夫婦には子供がなくシロとクロと呼ぶ愛犬二匹を飼っていた。

都では戦いが起こり各地の豪族たちが鎌足軍に加わるため戦地へと向かった。屋敷を妻と召し使いと愛犬に任せ、長者は三人の家来を連れて出陣した。

悪賢い召し使いの次助は自分が長者になろうと考え、牧夫長者は戦死したとうそをつき、長者の妻の間男になった。

戦いは中大兄皇子《なかのおおえのおうじ》（後の天智天皇）と中臣鎌足《なかおみのかまたり》がわの勝利となり、牧夫長者はある日、ひょっこり帰ってきた。その夜の祝宴の席で次助は「鹿がたくさんいる狩り場を見つけておきましたよ」と言って、明朝狩りに行こうと誘った。狩り場につくと、次助は長者の命をひそかにねらった。

不意を食らい長者は死を覚悟して「おれの命はお前にやった。しばしの間待っておれ」と言ってシロとクロを呼びよせ、自分の弁当を食べさせた。犬たちは涙ぐんでいる長者の顔を見て、事情を察してアッという間に一匹は次助の弓の弦をかじり、一匹は次助の喉笛《のどぶえ》にかみついた。山男から弓矢を受け取ると、長者は次助の心臓を目がけて矢を放つのだった。


以下は後日談である。

長者は妻を追い出し、新しく落山とよばれた小高い丘に大きな犬小屋をつくり、「シロとクロは私の命の恩犬だ」といって、それはそれは可愛がった。

ご詠歌
めぐりきて
いくよのたねをむすびつつ
のりのたのしみ
たえぬいぬでら

合掌

牧夫長者に追い出された妻は、深く反省して尼になり忠犬をいとおしみ、清水寺《せいすいじ》を建立した。この寺は神河町の西北部長谷《はせ》にあり、この地のことは江戸時代まで犬見村《いぬみ》と呼んでいた。

尚、法楽寺は播磨西国観音霊場第十五番札所になっており、落山家の菩提寺である。

法楽寺

祖父の米次寄進の地蔵に手をあわせる筆者

犬小屋があった場所は落山という地名になり、これが落山姓のはじまりになっていると、法事の席で「犬寺縁起」をもってこられ、この巻物に書いてあると、法印和尚より聞き、兄弟一同「ホー」と言って感心しきりだった。伝説を含めて以上のような話は鎌倉時代の次の書物に記載されている。

「元亨釈書《げんこうしゃくしょ》」虎関師錬《こかんしれん》

「峰相記《みねあいき》」播磨地方の地誌

栗賀の南、神河町比延《ひえ》に、日吉神社がある。この地に伝わる「ハニ丘伝説」ゆかりの神社である。

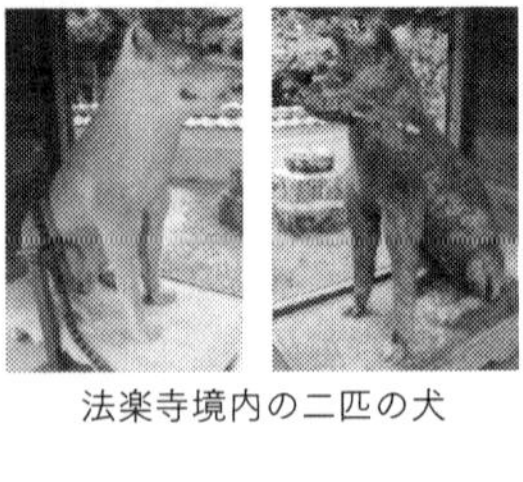

法楽寺境内の二匹の犬

日吉神社
大汝命（オオナムチノミコト）
少彦名命（スクナヒコナノミコト）
の二神を祀る

この地に『播磨国風土記』の「神様のがまんくらべ」の舞台がある。私の叙事詩「猪篠川」の一節で以って、**「神様のがまんくらべ」**の説明に代える。

太古　播磨の国で姫路より
神様二人　がまん比べ
川沿いの道但馬の国を目指して
一人は畚《もっこ》に埴《はに》を載せ　天秤棒《てんびんぼう》で担ぐ
一人はうんちをしたくてもがまん
二人はてくてく　てくてく
播磨の国もあと少しでお別れ
うんち辛抱の神はたまらず
熊笹の生い茂る中でしゃがんだ
小竹《しの》は重みをいやだと言ってはじいた
この地を波自加《はじか》村と呼ぶ
畚《もっこ》の神は笑って

「ああしんど　やれしんど」と
埴《はに》を投げ出した
この辺り一帯を埴岡郷と呼ぶ
埴《はに》と畚《もっこ》は岩に姿を変えた
今の世も水辺の歌を聞いている

（注釈）
畚《もっこ》　なわを網のように編んで、四すみに
綱《つな》をつけたもの
埴《はに》　きめ細かい黄色がかった赤色の粘土。
昔、瓦・陶器などの原料にした。

尚、埴岡は風土記では聖岡の文字になっている。
また　現地の標識では「埴の里」と書かれている。

市川町中央部マップ

昔の宿場、屋形（市川町屋形地区）にやってきた。この地も私にとって少年時代の思い出がたくさんつまっている。落山家兄弟九人の次女・繁美姉の嫁ぎ先である宮田家があった。因みに私は九人兄弟の末っ子である。繁美姉の夫は早大出身で戦前は大山小学校に勤務されたこともある。やがて火災海上保険会社に入社し、神戸、大阪、岡山、札幌、東京本社と転勤の連続であった。最後は相模原市に自宅を建て、現在そこには宮田家の次男が住んでいる。

屋形の思い出は私の小学生の頃で、宮田家の長男とよく遊んだ。近隣の村から女子青年団が参加した旧盆の盆踊り大会や川原での興行芝居を見物した記憶がある。

思えば私の姉たちは、長女・緑姉が同じ旧大山村の猪篠、渡辺家に嫁いでいる。緑姉の夫は私の父と同じ職場・農協に勤務しており、私の父と懇意の仲だったと聞いている。緑姉の長女・加代子は私と小学校の同級生で現在姫路市に住んでいる。加代ちゃんとは半年ほど私が年上だ。私はいつも妹のように接してきた。今でも時々電話で近況や昔を懐かしが

小さい頃の二人

って話に花が咲く。四女・扶美子姉は姫路市飾磨・三木家に嫁いでいる。大きな邸宅が今も飾磨にあり、この家に私は何回も足を運びお世話になっている。やがて扶美子姉の長男が東京より帰郷し、この家に住むことになるだろう。扶美子姉は高齢で現在介護施設に入室している。

ここで、私が小学生の時、学校の先生より聞いた話をはさむ。幻になった二駅の話である。ＪＲ播但線はもともと、鶴居駅より寺前駅、長谷駅を通り生野駅につながる現在の路線ではなく、鶴居駅より粟賀、大山駅を通り生野駅につながる計画だったらしい。

ところが、ところがである。粟賀村と大山村の実力者による猛反対が起こり、この地に線路は敷かれなかった。理由は汽車がはく黒々とした煙が稲作に害を与えるということだった。

今もこの地は神姫バスの路線として町民達の不便をやわらげているが、私は小学生の時、この話を聞いて残念で残念で仕方がなかった。

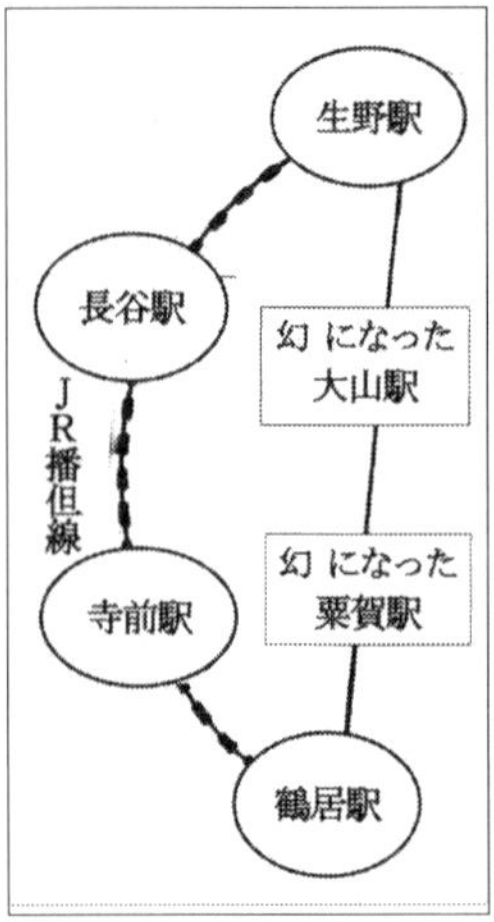

三女・哲子姉は神戸の青砥《あおと》家に嫁いでいた。この姉だけが銀馬車街道より離れている。青砥家は鎌倉時代の武士、青砥《あおと》藤綱《ふじつな》の末孫にあたるとか……。執権北条時頼に仕えた青砥藤綱は「太平記」で描かれ、江戸歌舞伎では清廉潔白な名奉行として登場する。私は関学入学時にしばらく青砥家に下宿させてもらっていたが、そこにかけてあった額について、義父（青砥寛）からこんなエピソードを聞かされた。藤綱の銭をさがしている絵である。

歌川国芳　浮世絵
「青砥藤綱」

〝川に落とした銭十文を家来に五十文で松明《たいまつ》を買わせ、川を照らして探し出したという。同僚が「十文を探すのに五十文を使って損だ」というと、松明を買えば銭は流通し、合わせて六十文は天下の利益だ」といって人々を諭したと伝わっている。〟

四人姉妹の三人までもが、かつてのこの街道の町に嫁いでいる。この四人は福崎高校（当時の福崎高女）に学んでおり、私の高校の先輩でもある。

さて、話を「銀の馬車道・鉱石の道」の話に戻そう。

市川町のちょうど中央部あたり、浅野の国道沿いに「銀の馬車道　馬車モニュメント　ハヤブ」が展示されている。荷台に乗って手綱を引くと、馬がおしゃべりをする。

市川町の南、西川辺にある市川町文化センターを覗いてみよう。この地は甘地駅より徒歩15分の位置にある。

ここには市川町鶴居出身のシナリオライター橋本忍の各種資料が展示してある。シナリオライターとして黒澤明監督の「七人の侍」等で一躍有名になった。尚「七人の侍」の一人で三船敏郎と並び有名な俳優・志村喬は先ほど述べた青砥寛叔父が仲人をしている。

橋本忍家と繁美姉の嫁ぎ先、宮田家は家が近くで、懇意《こんい》にお付き合いをしていたようだ。宮田家の次男、浩平君の話によると橋本夫妻が上京の節は、姉は必ず

市川町　浅野にある馬車

東京駅に出迎えに行っていたようだ。

本年（令和5）の12月の初めに時代劇・映画史研究家の春日太一氏が〝戦後最大の脚本家・橋本忍の栄光と挫折〟というサブタイトルで『鬼の筆』という本を出版されている。早速購入して目を通した。口絵写真に1985年の橋本忍と黒澤明の写真があったのでここに載せている。※口絵参照　銀の馬車道

市川町出身で忘れてならないのは、橋本忍と並びJR播但線の生みの親、内藤利八で、この文化センターで顕彰されている。

いよいよ姫路に近づき、辻川の昔の宿場街にやってきた。福崎町辻川には柳田國男・松岡家顕彰会記念館があり、その傍に生家も移築保存されている。

辻川観光交流センターには柳田國男の後世に残したいと著した「妖

1958年の橋本忍（左）と黒澤明

春日太一著『鬼の筆』（文藝春秋社刊）口絵写真より

志村喬

内藤利八

怪の民話」を通してこの地の歴史・文化に触れることができる。今日では福崎町は観光ブームに便乗して、町の到る所で妖怪に出会うことができる。

最後に現在では姫路市になっている旧の神崎郡の南端・船津村にふれておこう。

ここは私の母、旧姓尾田すみゑの在所であり、酒造業を営む尾田家の分家（新宅）である。小さい頃より母に何回も何回も連れられ、この新宅を訪れている思い出の地である。

尚、福崎町辻川と現在の姫路市船津町のことは『私の青山探訪』

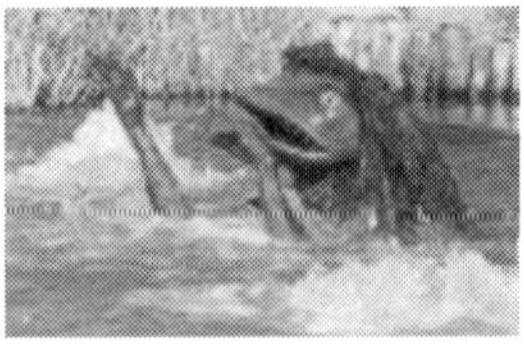

カッパの妖怪

柳田國男

柳田國男生家（柳田國男・松岡家記念館）

の十話として「ああ古里播磨路よ」に詳細を書いているので、ここでは簡単に述べるだけとした。

この稿を書き終えて、私が思ったことは銀の馬車道の地名のことである。中村・栗賀とか屋形とか辻川の名前が少しづつ薄れ、逆にＪＲ播但線の駅名である寺前、鶴居、福崎の名が一般化しつつある。

銀の馬車道の宿場街であったかつての由緒ある地名が、少しずつ薄れていくのを淋しく思う一人である。

※この項『別冊關學文藝』67号より、加筆の上、掲載している。

尾田本家を移築した「香寺民俗資料館

㈣　高僧の謎の還俗《げんぞく》

落山家の創始者は法楽寺の弘勝法印で、私で四代になる。弘勝法印は阿闍梨《あじゃり》の位であった。阿闍梨とは天台宗、真言宗の僧の位を指し、徳が高く師とあがめるに足りる僧と普通の辞典でも説明がされている。

ここで、私のいまだに謎になっているのは、この阿闍梨の高僧が何故、還俗したかである。落山義海と名のり、構家から米次を養子にして長島家からはなを養女にもらった。※構家と落山家の家系図は下図参照。

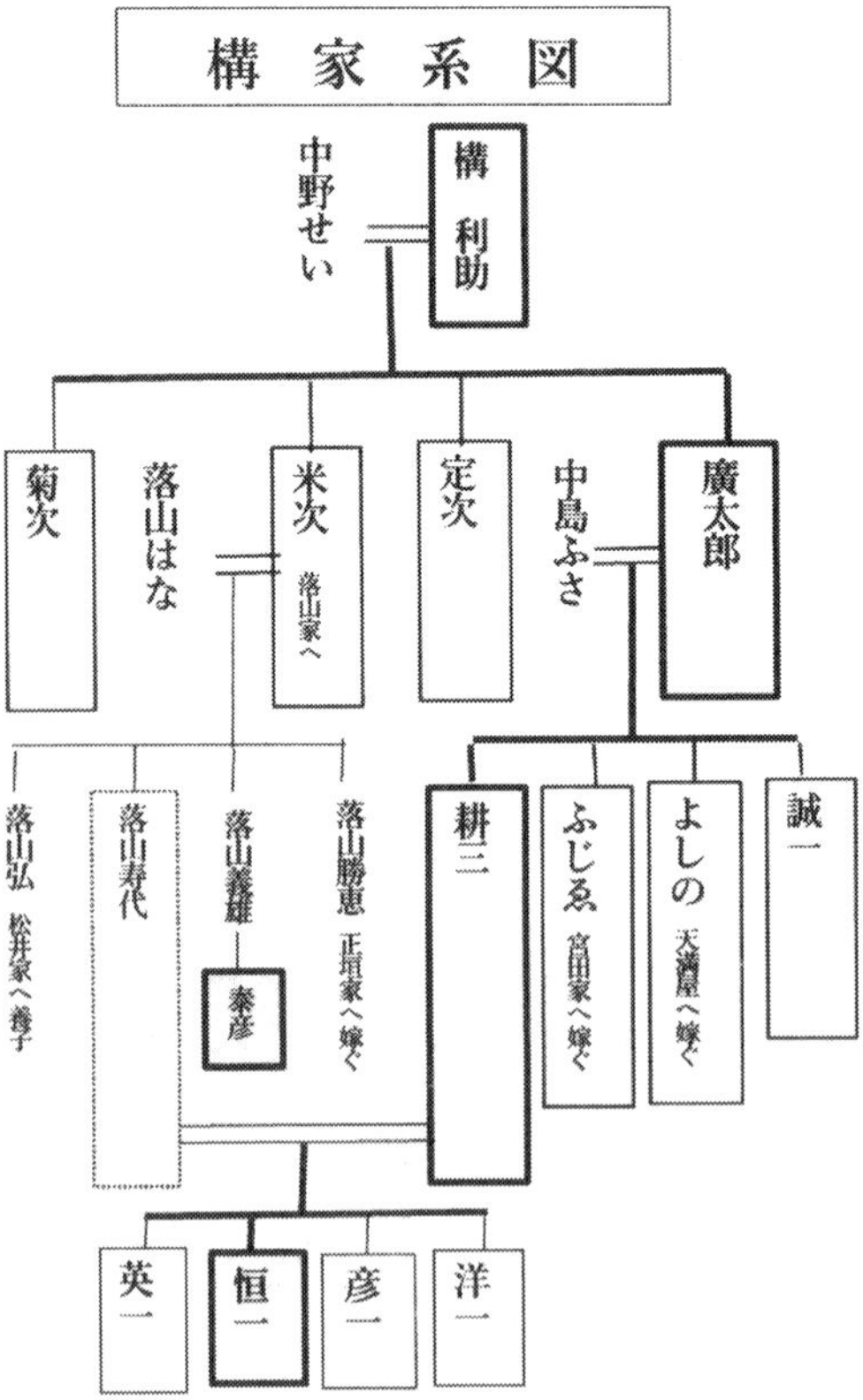

私は祖母はなの杖がわりとして子供の頃から数え切れないほど法楽寺にお参りしている。お寺で宿泊したことが何回もある。なぜこんなに熱心に通うのか、今となってはもっといろいろ聞いておくべきだったと悔やまれるが、小さい頃から、こんなことには私はまるで無頓着であった。

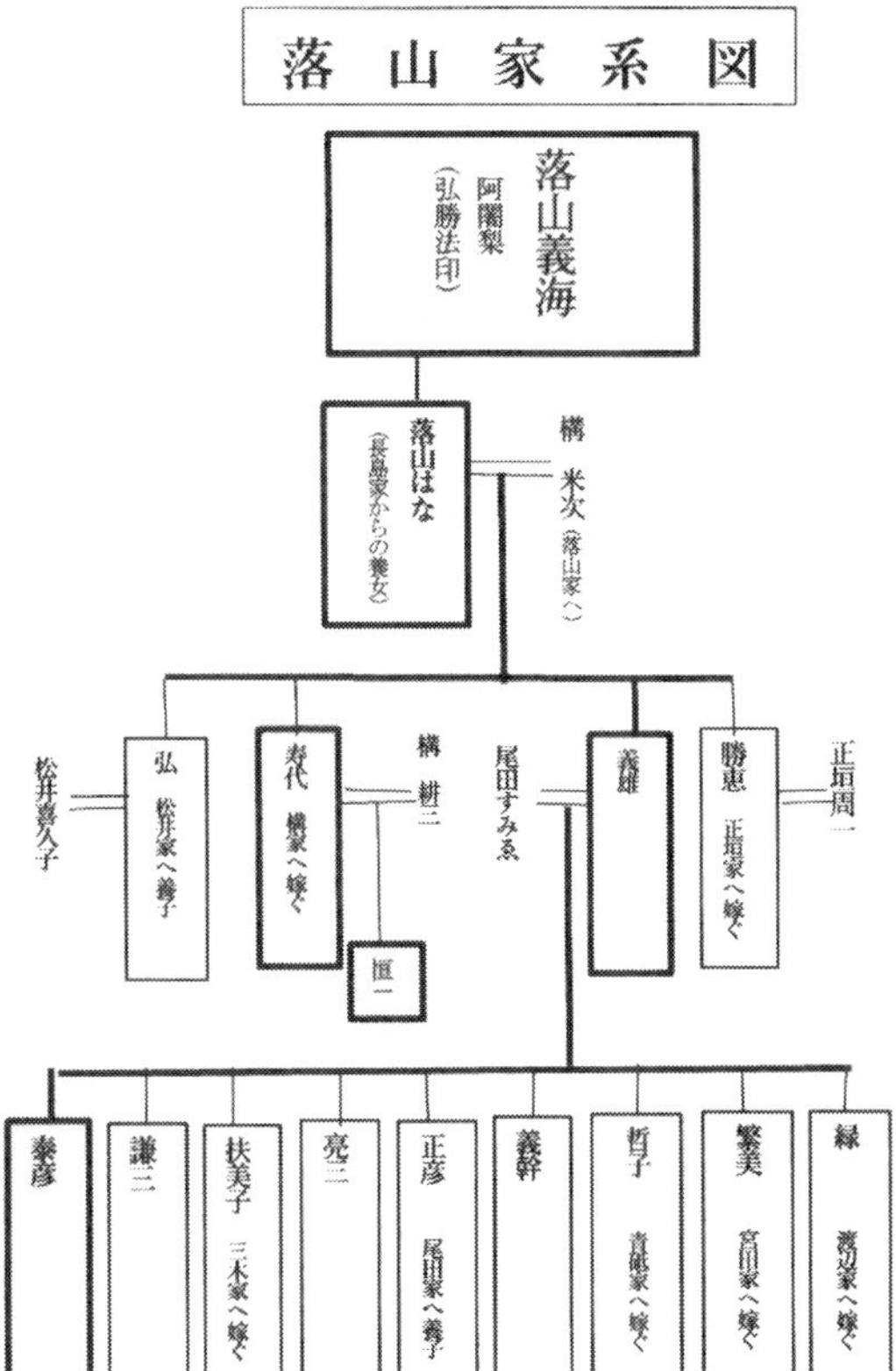

銀の馬車道のエッセイを書いている時、ハッと気づいた。馬車道は法楽寺に近い私の里。吉富や栗賀を走る今でいう車道であった。

この銀の馬車道は明治の前半にできあがっている。正式名は「生野鉱山寮《りょう》馬車道」と呼ばれていた。この寮という言葉は今の寄宿舎とは意味が違って、大学寮に代表される国の機関を意味している。この道は銀を飾磨港まで運び、その後は船で製錬所に運び上質の銀にしているのだった。

馬車道を敷くのには、土地の買上げ等、村民にかなり協力を求め、説得しなければならなかったと推測される。私が先ほど、ハッとしたと書いたのは、実家の倉庫で、上が勉強部屋にされていたのが、この道を造る時の事務所であった。このことはのちになって親や兄から聞かされたことがある。写真がほしいところだが、今の実家はすでに建て替えられ、兄や私が勉強したこの建物も姿を消している。

とすれば、国の命で高僧が思い切って還俗して、任務を任されていたのではなかろうか……。

「おくのはりま道」のエッセイを書くにあたり各種資料を求めて馬車道の資料館にも足を運んだ。その上での推測なのだが、ある程度は事実に近いと思いながら、この稿を綴ってみた。

※口絵参照　忘れがたき故郷　―阿闍梨の墓―

II　国内旅行と俳句

(一) 思い出の旅と句

その一　北から南へ

大吹雪ピリカメノコの眉太し

アイヌ村を訪れた時、大吹雪になってきた。何もかも雪化粧で薄ぼんやりしているのに、ピリカメノコ（アイヌの娘さん）の眉だけがくっきりしていた。

短夜の霧笛が宿にしのびこむ

紋別の港町で宿をとった。珍しく外窓と部屋の間は障子で仕切られていた。夜中にボーボーと霧笛が何回も聞こえて、私の眠りをさまたげた。

湖の蜻蛉《とんぼ》は船が住処なり

十和田湖巡りの大きな遊覧船に乗ると、秋晴れの好天気に誘われてトンボが大挙して船に飛んでおり、よい船上友達となった。

舟唄に時雨れて急ぐ最上川

〝五月雨を集めて早し最上川〞は「おくのほそ道」の代表的な句である。
最上川の舟下りをした折、この芭蕉の句を意識しないで詠もうとしたが、どうしても類似句になってしまった。貫禄のちがいというところか。

暮の秋柩にかかる旭日旗

平成6（1994）年東京都の近郊の寺で長兄の葬儀、告別式があった。兵学校同期の友人たちが、北は札幌から南は鹿児島の遠方から駆けつけてくれた。挨拶をした陸軍経理学校出身（戦後神戸大卒）の正彦次兄が、このことにふれると涙があふれて、言葉が出なくなったのを記憶している。

海上自衛隊の兄の最後の職場の男女隊員十数名も参列していた。こちらは焼香なしで、「起立！　脱帽！　礼」の号令のもと、最後のお別れをされた。

柩《ひつぎ》にかかる旭日旗はフリゲート艦で世界各国を巡航した時、マストにかかっていた旗の予備だと聞いた。又、軍人は死亡すると一階級昇進するらしく、兄は海将補から海将に昇進したらしい。

私はこの葬儀に参列して、何故か「同期の桜」を絶えず頭の中で流していた。

貴様と俺とは　同期の桜
同じ兵学校の　庭に咲く
咲いた花なら　散るのは覚悟
みごと散りましょ　国のため

兄は終戦後、故郷に帰り普通の職に就いていたが、海上自衛隊の募集がはじまると、何の迷いもなく入隊していった。末っ子の私は、この兄にどれだけ可愛がってもらい、相談にのってもらったかはかり知れない。父親以上の親がわりの役をしてもらった。合掌

木枯らしやうまい味噌どてやっとかめ

やっとかめ（久しぶり）に名古屋にやってきて味噌どてを食した。十年近くも住んでいた地なので、いろいろと食べる物の味も懐かしい。みそかつ、ひつまぶし、天むす、名古屋コーチン料理、きしめん等いろいろある。中でも屋台でおでんの入った大きな八丁味噌の鍋に串カツを投げ入れ、コップの燗酒をチビリンコン、チビリンコンとやるのは至福の限りであった。

鬼はいや泣く子は育つ秋祭り

芭蕉の里、伊賀には関学時代の親友、伊藤知徳君がいる。今でも時々お誘いの声がかかる。上野天神祭は六万人ぐらいの客でにぎわい、だんじりや鬼行列に加え、みこしも繰り出す。

鬼を見て泣いた子は元気に育つとも言われ、赤や青の「ひょろつき鬼」を見て、親にしがみついて大声で泣くと、大人の笑い声が町中にひろがっていくのだった。

朝日新聞より

奥嵯峨の日暮れは早し鐘冴ゆる

京都嵯峨野界隈は比較的人出も少なく、静かな時の流れに心が洗われる寺が数多い。鈴虫寺、祇王寺、常寂光寺、清涼寺、滝口寺と巡り最後の二尊院にくると、もう日暮れで、何処からか澄みきった空気をぬけて鐘の音が聞こえてくるのだった。

玉虫の色あせ果てて春巡る

田舎育ちの私には玉虫を二～三回捕えた記憶がある。4センチぐらいの虫で金属光沢のある金緑色をしている珍しい美しい虫だ。確か、小学生の教科書に「玉虫厨子の物語」が載っていて、大きくなるにつれ、この厨子を一目見たいと長年思っていた。
玉虫厨子は法隆寺に伝来する飛鳥時代の国宝で、高さ2メートル30センチほどである。美しいはずの玉虫の羽根の色も今では褪《あ》せてしまっていた。しかし、それはそれなりに時代の流れをくぐってきており、何か奥ゆかしい品格があった。

石舞台巨石の間より天高し

飛鳥の古墳、石舞台で詠んだ句。この石舞台は蘇我馬子《そがのうまこ》の墓だといわれている。上面の大きな石の間の盛土は、いつの世か政敵の手で取り除かれてしまった。
ここに立ち寄った時、古墳の中に入ると、秋晴れで、青天が広がっていた。かつて旅芸人がこの古墳の上を舞台にしていたことから、石舞台とよばれる由来になったのだろうか。

柳ゆれ下駄音響く朝湯かな

脊柱菅狭窄症の治療に城崎の安宿を予約して四～五日間温泉治療をすることにした。退職二年後のことで、痛みがとれないことから藁《わら》をもつかむ気持で出かけた。

城崎温泉と聞いて妻も同行してきた。私はままならないので退屈するよと言ったがついてきて、一人で出石や玄武洞や温泉町のぶらぶら歩きを楽しんでいた。

私の方は一日のうち朝、昼、夕方とあちこちの温泉に三回入湯した。駅近くの地蔵湯はジャグジーが付いており何だか痛みが薄れていくようだった。朝の一番風呂に行くと、係の人が遠方の人とわかると鑑札をくれた。

妻もうれしそうに札をもらって帰ってきた。

城崎から帰宅すると俯《うつぶ》せや仰向《あおむ》けができて徐々に痛みは引いていった。

螢火や闇夜に二匹消えてゆく

この句は岡山の吉井川の上流・梶並川で詠んだ句。作州武蔵カントリーに気心の知れた者同士が時々ゴルフに行って夜は一泊した。夕食が終るとホタル狩り組と囲碁組に分かれた。

入江社長が出かける私たちに「いい俳句をつくってきなさいよ」と声をかけてくれた。皆は五、七、五と指を折りながら涼しい夜風に吹かれながら頭をひねっていた。私は吟行をみんなでしたのが、これが初めで終りになった。

単身《ひとりみ》のうどんに落とす寒玉子

土、日は芦屋の自宅に帰り、平日は社宅で単身生活をおくった。冬の食事で簡単につくれる物は玉子うどんと湯豆腐であった。たまには肉料理やサシミを食した。近くの料理屋「山幸」に立ち寄ることもあった。

部屋の掃除に来た妻がたくさんのビール缶や酒ビンを見て「ここは魔窟ですね」とからかった。

四万十の夏に川師の網光る

皆見んと柴漁に船の傾きぬ

あめんぼう大河と知らず泳ぎおり

清流四万十川を一目見たく、会社の休みを利用して旅立った。

四万十川は不入山を源流として全長196㎞を流れている。四万十川の名は四万余りの支流をもっているとか、アイヌ語の「シ・マムタ」（はなはだ美しい）からきたという説がある。平成4（1992）年のことでその頃は既に獺《かわうそ》は絶滅していたかもしれない。獺はイタチに似た顔で水かきがあり、魚を取るのが上手で、捕った魚を川辺に並べるという。これを称して獺祭《だっさい》と呼んでいるが、今では銘酒の名になってしまった。

昔、田舎の川で私はいろいろと遊んだが、この川はスケールが違い何かと漁法も珍しいやり方だった。投網や柴漁が珍しく興味津々であった。川原の浅瀬にアメンボウが泳いでいたのが、私の故郷の猪篠川と似ており珍しく思った。思へば私は退職後数年を経て、文学、文芸の道に入りこんだが、この道は四万十川のアメンボウに似てあまりにも大きな世界で、それを知らずに泳いでいたのは似た処がある。

国東《くにさき》や仁王の肩に草萌ゆる
年用意せず二人して島見てる

大分県の両子寺は名刹である。寺の沿道に苔むした石造りの仁王像が睨みをきかしていた。よく見れば仁王の肩に草が生えていた。

私たち夫婦は旅好きで年末と言えども、よく旅にでた。年用意せずの句は長崎の九十九島で詠んだものだ。

国東半島・両子寺

海軍壕出ればこの世はデイゴ咲く

豊見城村《トミグスク》にある戦争の傷跡・海軍壕を妻と二人の旅で見学した。田宮虎彦の『沖縄の手記から』の小説と同じイメージがわき、何故か二人は壕を出ても無口だった。バス停の横に大きなデイゴの木があり、満開の花を咲かせていた。美しい沖縄の花をバスがくるまで見つめ続けていた。※口絵参照　旧海軍司令部壕

蛙《かわず》鳴く生生流転首里の井戸

首里城の下には壕が掘られ海軍司令部の基地になっていた。金網越しに中の様子をうかがったが暗くてぼんやりした空間だった。首里城へ登る坂道に古びた井戸があった。城には水と塩が大事で、本土の城にも必ず井戸は掘ってある。井戸の中をのぞくと蛙が二、三匹ゲロゲロと鳴いていた。

その二　春夏秋冬

獅子舞の祝儀袋をぱくり食い　（神戸南京町の春節）

教会に雨降りしきる春の式　（関学ランバス礼拝堂）

石仏の顔に化粧の春の色　（臼杵《うすき》の石仏）

鶯の鳴くや結願終えし寺　（谷汲山）

旅立ちて空で餌を受く燕の子

教会の句は長女裕子の結婚式の時で、新郎も関学出身だったからランバス礼拝堂で挙式した。あいにく朝からの春雨だった。姫路よりかけつけてくれた緑姉は「フリコンと言って縁起が良いのよ」と言ってくれた。

教会の入口から赤いバージンロードのじゅうたんの上を、私と長女は手をつないで歩いた。「お父さん、あまり緊張しないで！」と歩く前に世話役の女性に言われたのを思い出している。

役員に選ばれる日は明易し

はまなすの咲く納沙布《のさっぷ》に祈りの火

奥入瀬《おいらせ》は流れも木々もみな涼し

口寄せのイタコひとつも汗かかず　（青森・恐山）

萬緑《ばんりょく》や底を支えて穴太《あのう》積み　（延暦寺の門前町・坂本）

老鶯《ろうおう》の声はじけたり湾の上　（対馬《つしま》）

最後の句は、雨森芳洲《あめのもりほうしゅう》ゆかりの地、対馬（ハングルではテマ）を訪ねた時の句。芳洲は江戸時代に朝鮮語（ハングル）を学び、日朝のかけ橋になった人物である。島には芳洲を讃えるが如く、かの地の国花・木槿《むくげ》が咲きほこっていた。老鶯とは夏に鳴く鶯のこと。

襟裳《えりも》には海霧《がす》に吠えてる霧笛あり

秋の鳥羽朝の漁船がすべり出す

山の辺はロマンの古道蝶が舞う　※蝶は小さな秋蝶

大神に燈《あかり》ともりて秋の暮　（大神《おおみわ》神社）

大砂丘秋雨すべて吸い取りし　（鳥取砂丘）

天高し津和野の鯉も太めなり

津和野の道端の小川の鯉は正しく、馬肥ゆる秋、鯉も肥ゆる秋である。

その頃、森進一の歌う襟裳岬（作詞：岡本おさみ　作曲：吉田拓郎）が大ヒットしていた。♪北の街ではもう悲しみを暖炉で燃やしはじめているらしい♪で始まり、襟裳の春は何もない春です、と歌っている。

私たち夫婦は、退職後まもなくに「北海道一周ロマンの旅」に出かけた。かなりハードな旅で連れ合いはこれは若者向きだと何回も言っていた。

一度は行きたいと思っていた最果ての岬は、春と違って秋だったが、歌詞にある通り何もなくて、霧笛が白亜の灯台よりボーボーと鳴り続けていた。

洞爺湖は初雪溶かし眠りたり

山寺の健脚競う冬日和

（山形・立石寺）

冬の寺素足で歩く女あり　（鈴虫寺）

カレンダー一枚残して隙間風《すきま》　（社宅）

嫁ぐ娘《こ》の声も弾みて年の暮

熱燗や老体ポッポと若返り

通称山寺は芭蕉の有名な句「閑《しずか》さや岩にしみ入る蟬の声」で知られている立石寺《りっしゃくじ》（古くはりゅうしゃくじ）の舞台で、ニイニイゼミが静寂の中で岩にしみとおるように鳴いていると詠んだ名句である。

ＪＲの仙台から山形を結ぶ仙山線の山寺駅で下車、千段を超える石段を登りきると、大きな岩の上に赤い「納経堂」や断崖に突き出すように建てられた「五大堂」がある。昔から悪縁切りのお寺として信仰を集めているという。

あの頃は連れ合いとの旅であちこちよく観光したが、二人とも足腰は丈夫でよく歩けたものだと今になって感心している。今の私の足腰では考えられない。昨年（令和4年）娘との旅で京都高尾の高山寺にお参りしたが、数少ない石段がヤットコサであった。連れ合いを亡くして四年の歳月が経過して、今では旅の友は娘になっている。杖をついてでも旅をもう少し続けたいと思っている。

(二) 祈りの旅路

その一　四国八十八ヵ所巡り

退職後、ぜひ行ってみたいと思っていた旅のひとつはシルクロードであり、もうひとつは巡礼の道であった。国内の西国三十三所のほうは、現役の頃から休日を利用して結願していた。

四国八十八ヵ所を始めたのは平成12（2000）年の3月からで、最後の八十八番目の大窪寺で結願したのは15（2003）年の春で丸三年かけており、しばらくお休みにしての再開だった。

各寺毎に年月日、住所姓名を納札《おさめふだ》に書き指定された箱に入れた。本堂前で般若心経を唱え、奉納経帳に朱印を押してもらう。

カメラは持参せず、一寺一句ずつ句作しようとはじめに決めた。しかし私の能力からみて、この考えには少々無理があった。手許の句作ノートには即興の句が書き記されている。お礼参りの高野山や遍路道で作ったものも入れて三十一句しかない。でも私にとってこれが巡礼アルバムになっている。
歩き疲れて句作どころではなかった日々、貸し切りバスで皆とワイワイ言いながらの楽チンの日々、思えば日を変えての祈りの旅であった。

第一番　霊山寺《りょうせんじ》

旅立ちて笈摺《おいずる》濡らす春の雨

鈴の音やお遍路一人濡れてゆく

お遍路の列の向こうに虹が出る

第一番札所は大鳴門橋にほど近い徳島県の東北部にあり、名僧行基が開いたとされる。開基後百年を経て弘法大師は故郷四国の八十八ヵ所に心身救済の霊場を開くことを思い立った。そこで大師は天竺《てんじく》（インド）の霊山を日本に遷《うつ》そうとして、当山を竺和山霊山寺《じくわさんりょうせんじ》と名付けたという。

この霊山寺から1360キロの遍路の旅は始まる。私はここの売店で菅笠や笈摺や金剛杖、納経帳などを購入して旅立っていった。

極楽や花に鶯《うぐいす》遍路道　第十番　切幡寺《きりはたじ》

かたつむり遍路の客を出迎えり　第十二番　焼山寺《しょうさんじ》

私の願い、一寺一句は一番から詠み途中でも句を詠んでいるが、早くも二番から九番札所まで忘れ去られている。歩くのが精一杯で句作の余裕はなかったように思える。改めてお参りの十番より句作の遍路を再開している。

涼風のかけ抜けてゆく仁王門　第二十番　鶴林寺

釣人が点となりゆくロープウェイ　第二十一番　太龍寺

昔のお遍路さんはロープウェイやケーブルがなく難路であったことは充分頷《うなず》ける。

かたつむり老樹にはって紋となる　　第二十二番　平等寺

石段の蟻よ踏まれず生き延びよ　　第二十三番　薬王寺

靴の跡様々にあり蟻遊ぶ　　〃

蜘蛛の網飾りとなって観音堂　　第二十七番　神峯寺《こうのみねじ》

大夕立仁王の足まで濡らしおり　　第二十九番　国分寺

空と海無の境地なり蟬しぐれ　　第三十二番　禅師峰寺《ぜんじぶじ》

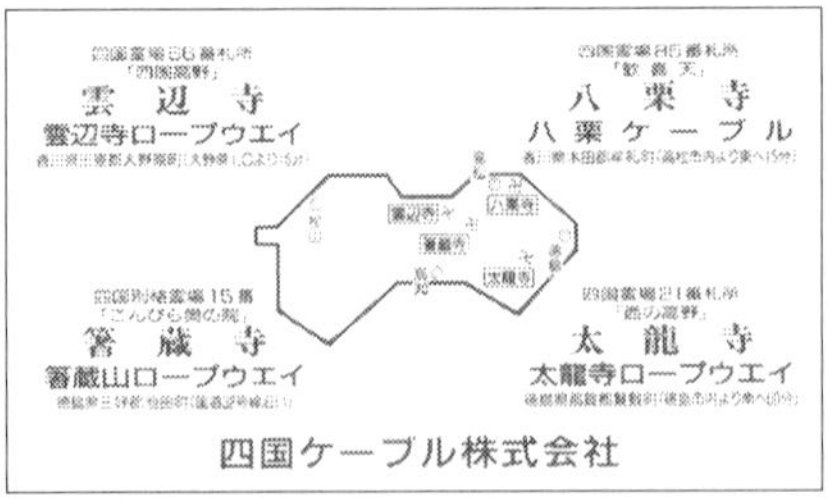

地平線円みをおびて秋遍路　桂浜にて

船虫も遍路も急ぐ驟雨《しゅうう》道　第三十八番 金剛福寺

椎《しい》拾う寺に赤亀の縁起あり　第三十九番 延光寺《えんこうじ》

子供の頃、鎮守の森で椎の実をよく拾った。小さな粒だが琺瑯鍋で炒ってもらい、空腹を満たした。しっかりした粒で、栗より美味だった。

延光寺は高知県宿毛市にあり、この県の最後の札所でやっと半分近くまわったと思うとやれやれの気分になった。この寺にある赤亀の縁起とは、寺の開基以来百年以上たった延喜11（911）年に、姿を消していた池の赤亀が竜宮城から銅鐘を背負って帰ってきたので、山号を赤亀山と改めたと伝えられている。

この銅鐘は県内で最古のもので、国の重要文化財に指定されている。

土佐過ぎて伊予路の遍路石蕗日和《つわびより》

みかん山山一面が黄色なり

千年の杉苔に滲む秋の雨　　第四十四番　大宝寺

今日よりは輪袈裟《わげさ》をかけて稲穂みち　　第五十四番　延命寺

先達がいて賑わいぬ夏の寺　　第五十八番　仙遊寺

寒風の石槌遍路足ばやに　　第六十番　横峰寺

畦焼きの煙の里に如来あり　　第六十七　大興寺

冬遍路しじまに響く鳥の声　　第七十一番　弥谷寺《いやだにじ》

日向ぼこ御堂の前の眠り猫　第七十六番　金倉寺《こんぞうじ》

春雨に顔光を増す地蔵尊　第八十一番　白峯寺《しろみねじ》

紅白黄《あかしろき》うめ雨に濡れ香満ちる　第八十三番　一宮寺

春がすみ草木香る五剣山　第八十五番　八栗寺《やくりじ》

あたたかき心に日和結願寺　第八十八番　大窪寺

第八十七番長尾寺を出て鴨部《かべ》川を越えると、道は山間に入っていく。四国遍路の旅も余すところ15㎞ほどとなると、何だか足どりも軽くなったようだ。

大師は唐から帰国すると、この寺の奥の院で求聞持《ぐもんじ》の秘法を修得した。そして唐から持ち帰って八十八ヵ所の旅をともにした錫杖《しゃくじょう》を奉納して、ここを四国霊場の結願の寺と定めたと言われている。

大窪寺は風格ある伽藍が建ち並び、結願の寺にふさわしい。昔、お遍路さんが思いをとげ、ここで成仏する場合もあり、そんな人の墓石も点在していた。

私はこの寺に旅を共にした菅笠や笈摺、金剛杖を奉納して、八十八ヵ所巡りの旅を無事終了させた。

南無大師遍照金剛

身は花とともに落つれども
心は香《こう》とともに飛ぶ

出典「道をひらく空海の言葉」近藤堯寛

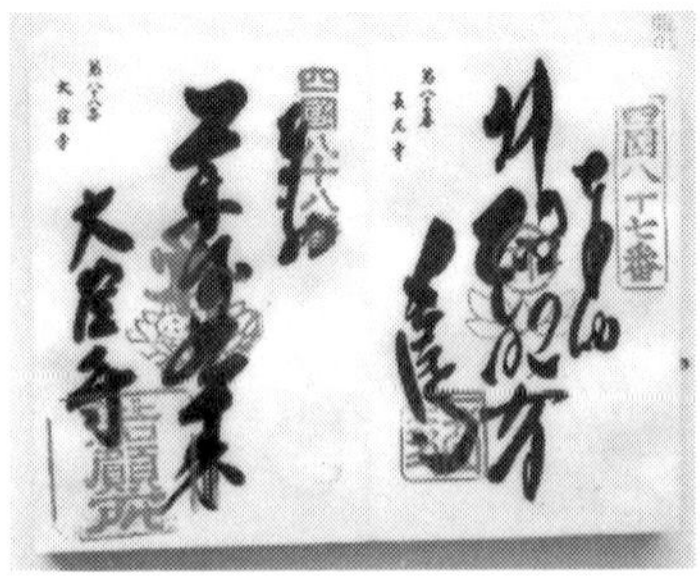

その二　高野山へのお礼参り

高野道同行二人《どうぎょうににん》蚊も二匹
磬《けい》打てば蟬鳴きやんで奥の院

八十八ヵ所巡礼の旅を終えて、高野山へお礼参りに行くことにした。四国で空海の遺跡も巡ったが、あらためてそのたびに空海の偉大さに目を見張るものがあった。空海は宝亀5（774）年、讃岐国屛風ヶ浦（香川県善通寺市）に生まれている。勉学のため上京したが、仏道を志して一時四国に戻り、山中で厳しい修行を積んだ。札所巡りの道中にはこの修行を積んだ折の洞窟が海岸べりにもあったのを思い出す。又この八十八ヵ所の中にはロープウェイでお参りする太龍寺や雲辺寺などの難所もあり、この乗り物がなかった時代を想像するだけで、その修行の厳しさがあらためて私に伝わってくるのだった。

密教に関心を持った空海は、その後中国に渡り、恵果《えか》に師事、密教の秘法を授けられ、多くの経典とともに帰国している。

その後、真言宗を興した空海は、その発展に努めるとともに、詩文や書などでも才能を発揮、また満濃池（讃岐）の改修など社会事業などにも功績を残した。六十二歳のとき、自ら創った高野山で入寂した。

今も修行僧たちが、早朝、奥の院の墓所に食事を運んでいる。私の勤務していた帝国電機に技術系の大学を経て、社員になっていた若者がいた。一時期高野山で修行をしていたというので話をきくと、早朝5時の食事運びが一番つらかったと言っていた。彼は今、自分の里、但馬の寺の住職になっていると聞いている。

高野山では奥の院と金剛峯寺の二ヵ所で朱印を押してもらった。

奥の院で詠んだ句「磬打てば蟬鳴きやんで奥の院」の磬は木の枝に吊るしてあり、撞木で打ち鳴らすことができた。中国秦・漢の時代には「へ」の字形の板石が使われ、音楽以外に仏具としても用いられていたらしい。導師が法会の時、打ち鳴らしていた、と言われている。

お参りをすませ奥の院と金剛峯寺の事務所で朱印を押してもらった。私の前にいたおばあさんの奉納経帳は朱印で埋めつくされていた。話を聞くと十二回巡礼してきたと話された。一回でやれやれ達成の私と十二回の方を比べると、信仰の違い以上の何かを感じざるをえなかった。

ちなみに納札《おさめふだ》は五十回以上は金色で、二十五回以上の方は銀色、八回以上は赤色、五回以上は緑色と色分けされている。私のような四回以下は白色である。四国巡礼中に銀色の納札を持っている方にお目にかかり、道中一緒にまわっていた連中一同はホーと言って感心しきりだった。

＊

実家に帰り、跡取りの亮三兄に四国巡礼を無事終えた話をすると、急に残念がり、それだったら朱印の掛け軸を作ってほしかったと言われた。そういえば掛け軸を大事そうに肩にかけている人や、小型ドライヤーで朱印を乾かしている人もあり、私は横目で見ていた。調べてみると市販の八十八ヵ所の掛け軸は高額の値段がついていた。

私も最初から掛け軸づくりに精を出し、田舎の里にお土産として持ち帰るべきだったと気づいたが、すべては後の祭りとなった。

巡礼中貸切バスでの宿泊付きの日もあり、いろいろな方にお会いした。大きな風呂敷包みを二つ持った巡礼中のおじいさんがいた。好奇心の強い私はつい「何が入っていますか」と尋ねると、「家の中にある大事な物を全て持って来て巡礼中です」と答えた。又、バイキングの夕食付きで、皆はそれぞれいろいろと食べ物を皿にとってきて楽しんでいたが、夫婦連れの夫は一度も席を立たず、奥さんがその都度希望を聞いて何回も何回も運んでいた。私もその頃家ではあまり小忠実《こまめ》でなかったほうだが、この様子を見ていると腹立たしくなり、奥さんに一言言おうとしたが、グッとこらえ知らんふりをしていた。多分何かの事情があるのかもしれないと、善意に受けとることにした。

最後に一言、四国のあちこちの里人にお礼を言っておきたい。お菓子やお餅やミカンを「お接待」と称して頂いた。空腹をかかえての巡礼中だったので本当に嬉しかった。

尚、本文は私の一回目の出版『雲流れ草笛ひびき馬駆ける』に「四国巡礼の旅」として掲載したものを大幅に加筆、修正を加え、未発表の俳句を手帳よりさがし付け加えた。俳句は巡礼中のものなので、ノートに走り書きをしていたものが多く、小学生ぐらいのレベルのものもある。例えば「みかん山山一面が黄色なり」等である。私として一番気に入っている句は「空と海無の境地なり蟬しぐれ」で、この句は意識せずに空と海、すなわち大師空海の名が入っている。また無の境地は般若心経の色即是空の空に通じ、私のお遍路即興の句としては上出来だと思っている。

III　落山泰彦の選十句

風に乗るほかなし島のはぐれ鷹

平良雅景《がけい》

平良雅景は俳号。本名は平良賀計である。大正11（1922）年沖縄県宮古島の生まれ。台北帝大の医学専門部を卒業したあと、昭和28（1953）年より32（1957）年まで、慶応大医学部神経科教室にて学んでいる。平成13（2001）年頃たまたまヨーロッパ旅行で懇意になった芦屋囲碁協会のとある会員の紹介で、以後この会の年二回の旅行にも参加されていた。　※口絵「済州島の思い出」に平良さんの写真あり。

たまたま私も「俳句をカジッテイル」ことから親しくお付き合いをして頂いた。私が通訳を務めた韓国済州島の旅でより親しくなり句集『はぐれ鷹』を頂いた。

この句は句集『はぐれ鷹』のタイトルになっている。「いい句ですね」と言うと「NHKで草間時彦先生の特選を戴いた句なんですよ」と、にっこり笑われた。

はぐれ鷹というのは、南方へ群れなして帰る時、たまたま体調不良か怪我などで、仲間と一緒に帰れず、置き去りになってしまった鷹のことである。

沖縄の那覇で精神神経科専門の天久台病院を設立、病院の会長を長年務めるかたわら、旅行や俳句を楽しんでおられた。病院の会長まで立身出世された方でも、このはぐれ鷹のように内面は孤独だったのかもしれないと、この句を読んで私は感じるのだった。

十屯の夢路は嬉し迎え船　　青砥謙之介

青砥謙之介義兄は、私の九人兄弟の三女哲子姉の夫である。日中戦争、大東亜戦争に従軍している。長男が生まれて数ヵ月後にビルマ（現在のミャンマー）に派遣されていた。ビルマに入り映画「戦場にかける橋」で有名になった橋造りに従事していた話を聞いたことがある。

昭和20年8月15日終戦になったが、英軍の捕虜になって抑留され、鉄条網で囲った中に入れられ各種作業に従事していた。昭和22年になって神戸に無事帰還している。その時の喜びが、この句である。

謙之介義兄は神戸一中（神戸高校）から神戸工高（神戸大・工学部）出身で晩年は東洋建設（東証プライム上場）の常務まで昇進されていた。

私が関学入学で神戸に来てから色々と可愛がってもらい、仁川競馬場や甲子園球場にも連れて行ってもらった思い出がある。私の退職後は「君を早く初段にしてやりたい」と週一回、宝塚の自宅に囲碁を打ちに通ったこともあった。

この句は句集『この地球永遠に美しく』に載っている。謙之介の姉が俳句を嗜んでおられ、姉の子三人姉妹で米寿の祝いの折に発刊された。

靄《もや》はれて八十八夜の宇治の朝　　浅井青陽子《せいようし》

青陽子は俳号で、現在のたつの市龍野の「ヒガシマル醤油」の元会長・浅井弥七郎のことである。

龍野の名門企業「ヒガシマル」は俳句会が盛んである。芦屋より稲畑汀子さんを招いて、月一回の句会が開かれていた。

青陽子は若い時から俳句を趣味として、たくさんの句を詠んでいるが、宇治についてならこの句を選ぶ。私も宇治に旅した時、一句だけでも詠もうとして、こんな句をつくった。

馬追を見つけし宇治の雨上がり　　泰彦

青陽子さんは喜寿に『霞城春秋』を、米寿に『霞城春秋・続』の句集を出版している。霞城《かじょう》とは龍野城の別名である。そして手許に頂いている『春秋抄』は、高浜虚子文学館建立記念に発行者・稲畑汀子で出版されている。

浅井会長は高齢になってもお元気で、90歳になってからも龍野から梅田の百貨店等に一人で行かれたと話題になっていた。今から25年ぐらい前のことである。

「ヒガシマル醤油」の句会の世話役は総務部長の正田富夫氏（「ホトトギス」同人）がしておられ、彼は朝日俳壇に時々名前が出ていた。私が帝国電機の総務部長の頃に俳句をすすめられ、手許にある稲畑汀子編の『季寄せ』のポケット版は彼よりプレゼントされたものである。私にとって俳句の恩師の一人である。

『新宮俳句会の句集』より

第十六号　令和四年度

私の晩年の勤務先・帝国電機の本社工場はたつの市新宮町にあり、龍野町と並んでこの地でも俳句会が毎月催されている。

私は句会には出席していないが、ここで本社工場時代に詠んだ句を紹介しておこう。

捩花の咲く工場や技《わざ》競う　泰彦

捩花《ねじばな》は初夏、茎の頂にほっそりとした穂をなして、淡紅色の小花をつづる。花穂が捩れているので私は物を締めつけるネジ（螺子）を連想してこの句をつくった。別名を文字摺草《もじずりそう》とも呼んでいる。

さて送本して頂いた「新宮俳句会」の句集をひもといてみよう。

蒸しあがる子らの手づくり柏餅　牛建基子

この句は句集の「はじめの詞」に載っており、神戸新聞の俳句欄に載った句だそうだ。

ウクライナ見せてあげたい花の春　木村磐根

磐根《いわね》とは俳号だけでなく本名だ。彼とは会社の同窓（だいぶ年齢は彼が下）で、私の東京営業所勤務時代、江戸川区金町で妻子を社宅に呼び寄せるまで一緒に生活した。金町は下町で近くには虎さんの帝釈天もあった。

私が松戸市の社宅に引越しをすると遊びに来た。その時母親が経営している店の商品だといって、資生堂の化粧品セットを私の妻に「お土産です」と持ってきた。その頃は貧乏暮らしだったので妻はどれだけ喜んだことか、今でも目に浮かぶ。

野路菊のかすかに**古色**うかべけり　小野康明

小野君も木村君も会社の後輩で、私の退職後の自費出版を数冊読んでおり、親しくなった社友である。

彼は多才で水彩画も勉強しており「クレマチス」の絵を送ってくれたことがあった。

水島の工業高出身の技術屋で人柄もよく優秀な社員だった。倉敷の工高出身者に難波喚哉氏がいたが、電験一種の免許ももっていた。当時の工高レベルは現在の大学理工系や工専に劣らず優秀な人材が多かった。わが社には、他県の工高出身で電験二種をもっている社員が数名いた。彼らがわが社の世界に誇るキャンドモーターポンプの技術陣の下支えをしていた。

峰の雪裾野を海へ利尻富士

奥星孝

奥星孝の星孝は俳号。本名は奥喜代孝だ。彼は関学の先輩で私が俳句、エッセイ、童話等を書いているとわかると、盛んに文通を重ねるようになった。私の友達の中で奥氏が一番の筆マメだ。尚、彼の父親は西宮市長を長い間務められた奥五一氏である。

彼は入社して三年目に先輩にこう言われたらしい。

「奥ちゃん、人間、仕事ばっかりじゃつまらんよ」と。そのせいでもないが、囲碁、文芸、書道、華道等々、多趣味であるが、中でも囲碁は兵庫県のアマチュアのベスト10に選ばれたこともあった。

日中友好の囲碁使節団に選ばれ、橋本宇太郎宗師以下二十二名で構成、二週間に亘って北京から香港まで各都市で転戦している。

勿論、私も囲碁を趣味にしているが、お正月に彼の離れ部屋の囲碁室で囲碁のミニ大会があり、強い人に置碁で打ってもらったが、基礎ができていないと痛感、その後プロ棋士の指導を二〜三年うけた。それでも、やっとこさ初段近くの棋力で、この道は「才能なし、ただ遊びほうけて楽しむべし」の部類に属する。

平成21（２００９）年に喜寿を記念して、『奥のより道―自分史にかえて―』を発刊され、その出版によせて、私と岡山新聞社の木原文太左右衛門氏が巻頭に寄せ書きをしてエールを送っている。本文はその冊子を参考にして書きすすめている。

日本経済新聞・俳壇より

桃見ればみればみるほど亡妻の尻

栃木県　加藤宣道

朝日、毎日、読売、日経、神戸等の各紙には、週一回選者より選ばれた句が並んでいる。確かに選者が多くの作品より選んでいるので、どれも秀逸に違いない。けれど、けれどである。花鳥風月や生活句の類が多く、手帳に書き写すものが見つからない。そんな中で本年（令和5年）8月5日号に前掲の句がとりあげられていた。この句は俳句のルーツのひとつである滑稽味があって、選者が思い切って選んだアッパレ賞である。勿論この人に私は会ったことはない。

同じく妻の身体の一部分を詠んだ句に前述の平良雅景もこんな句を残している。

春眠の妻の不思議な足の裏

雅景

プロの俳人でない有名人の句より

ただ三葉千万人をおびき寄せ　　牧野富太郎

牧野富太郎は高知県出身、文久2（1862）年～昭和32（1957）年没の有名な植物学者。

NHKの連続朝ドラ「らんまん」の主人公で一躍、彼の人生が全国民に知れ渡った。西宮市大社町の廣田神社の背後の丘陵に天然記念物指定の「コバノミツバツツジ」が群生している。四月上旬ともなれば燃えるように咲きほこり、薄紅色の鮮やかさは一見の価値がある。

この植物の命名者が他ならぬ牧野博士である。

背のびして大声あげて虹を呼ぶ　　風天

風天は渥美清の俳号で、ご存知「寅さん」のことである。

朝日新聞発行の「ＡＥＲＡ」編集部が開く句会の常連だったそうだ。口数は少ないのに、ほのぼのとした存在感を漂わせていたらしい。ある会員が理屈っぽい句を披露すると、すかさず「よっインテリだね」と言ったことなど、語り草になっている。

句会が終わると、さっと席を立ち風の余韻をあたりに漂わせていたらしい。

こんな話が「ＡＥＲＡ」のどこかに書いてあった気がする。

寅さんの像に挨拶する筆者

Ⅳ

小林正昭選　泰彦十句

―小林正昭氏の書信より―

拝啓

「天高く」の常套句そのものの時候ですが、突然の便りを差し上げることを先づお許し下さい。

先般「雲流れ草笛ひびき馬駆ける」を入江君が送って来てくれました。

入江慶次郎、落山謙三両君とは大学の同級生です。小生が年賀状に自作の俳句を添え書きにして毎年送っておりますので入江君は小生が相当句作が出来ると思っている様子で、今回の貴殿の労作を送ってくれたのだと思います。

雲流れ……の作品は童話、エッセイ、面白い出来だと読み返して居ります。

折角ですから私の好きな句を十句選んでみました。みな立派な句だと存じますが……。

春がすみ草木香る五剣山

玉虫の色あせ果てて春巡る

雲流れ草笛ひびき馬駆ける

好漢になりて長城天高し

インドにも案山子が立ってサリー着る
舟唄に時雨れて急ぐ最上川
秋雨や千年杉の苔に滲む
暮の秋柩に掛かる旭日旗
土佐過ぎて伊予路のへんろ石蕗日和
大吹雪ピリカメノコの眉太し

又楽しい童話、エッセイ、俳句などを次々とものにして下さい。

小生は現在「姫路市立好古学園」で大学院一・二年生の園芸家講師として勤めて居ります。余暇を生かして二回の月例句会に参加して駄句を作っている生活です。

先づは入江君の好意による貴殿の著作を読ませて頂いた感想を乱筆ですが書かせて頂きました。悪しからずご寛容下さい。

※入江慶次郎氏は私（落山）が在職中の代表取締役社長。

V 海外の旅と俳句

㈠　韓国駐在時の俳句

私は母を亡くした昭和56（１９８１）年頃より句作に励んだ。その三年後に韓国駐在を命じられた。ＮＨＫラジオ講座でハングルを少し勉強していたので、片言の会話は既にできるようになっていた。一日の駐在手当が三千円あり、円の値打ちもあり毎月の給料に一度も手をつけず二年間ほど芦屋とソウルを行ったり来たりしていた。

春の気配が漂う頃になると、道路の脇に植えられているケーナリ（連翹《れんぎょう》）が、あちこちで見る目も鮮やかな明るい黄色をあらわしてくる。

春もふかまってくると、この地の人々も野遊《やゆう》と称して弁当やお酒をもってチンダルレ（山つつじ）満開の小山に出かける。ある年花見に誘われてソウル大の運動場で集合して、その裏山に登る前に、代理店の親会社「正都化成」の社歌を斉唱していたら、ポリスマンが駆けつけ歌は中止されてしまった。ポリスマンは労働運動と間違えたのだろうか。

つつじ咲く丘に飛鳥の踊りあり　　森浩一　※故 森浩一は同志社大教授・考古学者

山城の原谷の奥に
山つつじありて赫土の
坂を上りつつ
詩人金時鐘は言ふ
つつじは夫れ朝鮮渡来なりと
踏み且つ踊る
浩一言ふ
花影に飛鳥の幻を看るかと

カチカチと鵲啼いて陵《りょう》の春

鵲《かささぎ》（カチカラス）は羽の先と胴体部が白く黒とのコントラストがあってかわいい。

ネット「鳥の図鑑」より

ネット「日本野鳥識別図鑑」より

鵲は、お正月に小倉百人一首を楽しむ人ならこの歌でよく知っておられることだろう。

鵲《かささぎ》の渡せる橋におく霜の

白きを見れば夜ぞ更けにける

中納言家持

天帝の命により織女と牽牛（彦星）を逢わせるため鵲の群れが翼と翼を広げて天の川に橋をかけるという中国の七夕伝説をふまえた歌だ。また「おく霜の白きを見れば」のフレーズは、唐詩人・張継の「楓橋夜泊」の「月落ち烏啼いて霜天に見つ」を踏まえた表現であるといわれる。

また、江戸時代の賀茂真淵は、家持が宮中を天上になぞらえて「鵲《かささぎ》の渡せる橋《はし》」を、階《きざはし》（宮中殿舎へ上がる御階《みはし》）になぞらえて、そこに霜が下りた風景を詠ったのだと指摘した。

作者「中納言家持」は、長歌短歌あわせて４７３首もの歌を万葉集に残した大歌人・大伴家持のことだ。ところでこの歌が万葉集には収められていないのはなぜか？

万葉集最後の歌を家持が詠んだのは天平宝字３（７５９）年の正月。また家持の中納言昇進は、その２４年後の延暦２（７８３）年。この歌が、家持が中納言になってからの歌であるとすれば、万葉集に収められていないのは納得。

ところでどうも、奈良時代には鵲は日本にはいなかったようだ。しかし当時の律令国家の知識人の教養は、唐からもたらされた漢籍に精通していたから鵲が歌に登場しても不思議ではない。むしろ天上界の鳥として鵲のイメージが膨らむ効果を上げている。

鵲は現在、佐賀など有明海周辺に生息しているが、いつから日本に渡来したのか。話は16世紀後半に飛ぶ。カチカチと啼くのはかち鴉（からす）・鵲（かささぎ）で、カチカチ（勝ち勝ち）とは縁起がよいと、文禄・慶長の役で加藤清正が日本に持ち帰ったとか、まことしやかに伝えられている。

春惜しむ新羅《しらぎ》の人も聞きし鐘

春のソウルを離れ、車での釜山《プサン》方面への出張は楽しかった。ここ慶州は古代の文物が、今の世に残り、土まんじゅう型の古墳も町の中にあちこちある。古墳の中に町があるとの表現の方が的確だ。楼閣には赤、青、緑、黄で塗りわけた模様の丹青《タンジョン》が華やかに色彩を競っている。わが国では「青丹《あおに》よし」とは、奈良の枕詞になっている。

慶州博物館の文物を見学して、庭で一休みしていたときの一句が先程の句だ。ここには有名な大きなエミレーの鐘が吊ってある。子供たちが代わるがわる鐘をついていた。

このエミレーの鐘には悲しい伝説が残っている。何回鋳造しても鐘の音色は今一つだったが、天女のお告げでひとりの少女を生け贄《にえ》にすると、よい音が出た。ただその余韻は誰の耳にも「エミレー」（お母さんの幼児語）と叫んでいるようにも聞こえるというのだった。

鴟尾を見て遠くの奈良の秋恋し

鴟尾《しび》は仏殿などの大建築の棟の両端に取り付けられた魚の尾の形をした飾り。

尚、ナラは韓国語の国という意味の言葉で、日本の奈良の語源はここから出ているとも言われている。アガシ（娘さん）たちが、盛んに「ウリナラ、トカティオ」（私たちの国と同

古墳の街・慶州

エミレーの鐘（天女像）

じだわ）と言っていたのを思い出している。

隧《ずい》道を出ると野茨ぱっと散り

韓国の南西部にあるコンビナートの港町・麗水《ヨース》に行き、ソウルへの帰り、古の百済の町・扶余《プヨ》を訪ねた。パートナーは所用があるとのことで、航空便で一足先にソウルに帰り一人旅だった。麗水から扶余へは列車の旅だ。トンネルを抜けると列車の風圧で白い花びらが一斉に散る光景が車窓より見えた。古の百済の都があった扶余《プヨ》は焼き尽くされ、今では落花岩《ナッカアム》や、その下を流れる白馬江《ペンマガン》が悠然と流れていた。

（エミレーの鐘）韓国駐在の頃
（1984～1985年）

白馬江：三大河川の錦江《クムガン》の下流地帯の呼び名。
さらにその下流が、古代日本史に登場する「白村江の戦い」の舞台。
落花岩：百済滅亡の折、扶蘇山城の岩場から三千人余の官女たちが白馬江へ身を投げ、落下するチマチョゴリが散る花のようであったことから、そう呼ばれるようになったという。

扶余の人たちは皆やさしく、いろいろと教えてくれたり、案内もしてくれて大助かりだった。やはり古代の日本と百済が友好国だったことをよく知っており、そのせいだと思う。

ソウルへの帰りは高速バスで、私が宿泊した旅館の女将《おかみ》の妹がソウルから手伝いに来ており、その方と一緒に帰り、これも大助かりだった。彼女はソウルにある名門、梨花《イファ》女子大出の才媛で、日本語も話し、道中楽しい思い出になった。

落花岩　白馬江

韓国の人たちは「百済《ペッチェ》と慶州《キョンズ》とどちらが好きか」とよく議論するようだ。私は今の百済には亡びの美があり、慶州には華やかさがあり、一概にこちらと意思表示はできない。ただ扶余にある百済は交通の便が悪く一度行っただけで、慶州は釜山《プサン》に近く、退職後、妻を案内したり、友達を案内したりして五、六回は行っている。

海女たちと言葉通じて冬の宴

釜山の高台にある道から見下ろせる浜辺で、海女たちが獲ってきた新鮮なアワビ、ウニ、サザエ等を料理してくれる店を開いている。店といっても床机を並べた出店だ。勿論、焼酎もあり、ホロ酔い機嫌になって片言の韓国語で相手も片言の日本語で、うち解けた仲になる。

「ナクチが舌にひっついて離れないよ」※ナクチ＝タコの一種。タコより足が長い。

海女たちは大笑いして「このイルボンサラム（日本人）はおもしろい人」だと言った。

そして、年輩のアジュマ（おばさん）が

「テッパン（大阪）に昔行ったことがある」と言った。

「大阪どうでしたか」と聞くと、「ビールばっかりだった」

ビールはビルディングということで、今度は私が大笑い。

韓国の釜山あたりのアジュマ（おばさん）は働き者が多い。釜山のチャガルチ（石ころ）市場のアジュマたちも亭主に家事を任せて、盛んに魚を売ったり料理もしたりして店を切り盛りしている。一度アナゴのサシミを二階の食堂広場で食べたことがある。その時は長いこと待たされたので、訳を聞くと小骨をピンセットで抜いていたと言った。

ソウル方面のアジュマは、奥さんらしくして家を守っている。

あの二回も訪ねた韓国の海女の店は、今でも続いているのだろうか。私には気にかかる思い出である。

磯笛の聞こえて海女の手に鮑《あわび》

※磯笛＝海女が海中から浮上した時、口から発する呼吸のこと。

ピーと長く口笛を吹いているように聞こえる。

観光三重HPより

日本の鳥羽や志摩では、今でも５００人余りが海女の仕事をしている。70数年前に比べると１割以下になっているという。かつて観光ツアーで志摩の海女たちの実演を見たことがある。平成９（１９９７）年で、「磯笛の聞こえて…」はその時に詠んだ句。海女たちの休む小屋を利用した食堂が、志摩にもあり好評を博しているらしい。近年、漁獲量やワカメが減り、この海女文化は存亡の危機にさらされている。

※この項目、日経夕刊参照（令和５・３・30）

3/30日経夕刊記事の挿入写真

(二)　済州島の思い出

済州島は韓国の最南端にどんと浮かぶ火山島で、島には洞窟や鍾乳洞がたくさんある。中に入ると夏はひんやりとして気持ちがよい。韓国の人達はこの島を温暖なので「東洋のハワイ」と呼んだり「三多三無《サンタサンム》」の島とも呼んでいる。三多とは女、風、石多しで、三無とは物乞い、盗人、門がないからだ。

食物で美味だったのは朝食の鮑粥。磯の香りが漂って緑の色が鮮やか。お酒は何と言ってもマッコルリ（濁酒）で自家醸造をしている。毎日飲んでいると味が微妙に違う。

お買物の人気商品はマッコルリと皮はぎの味醂干し、そして一升枡に山盛で二百円位の葫（ニンニク）。品物を売るアジュマ（小母さん）は方言が多く半分位しか聞きとれなかった。言葉が通じないとわかると、ただ、にこにこと笑顔を振りまいて商売をしていたのが印象的だった。

島の夏別天地あり洞窟道
飽粥緑の色に魅せられて
葫を笑顔で売ってる島の女《ひと》

平成16（2004）年、「芦屋囲碁愛好会」のメンバー10人ほどで済州島の旅をした。私は腰痛も少し落ち着いてきて、通訳の要請もあり参加した。

本文は帰国後、愛好会の会報紙に載せた紀行文のダイジェスト版である。

ニンニクを何名かが買われたが、その中で山上克巳さんは現在も愛好会の最古参（94歳）で、毎日炒めて少しずつ食べておられるらしい。これが長寿の秘訣のようだ。

※口絵参照　済州島の思い出

(三)　海外各国思い出の旅

その一　大連からエジプトまで

想いを重ねつつ年をつむぎ、気がついたら八十五年の歳月が流れた。腰痛をかかえながらも、今日もこの地に元気に足をつけ生きつづけている。

職を辞し旅を人生のひとつの住処として、行き交う旅人より学ぶこと多し。

『おくのほそ道』の冒頭に「月日は百代の過客にしていきかう年もまた旅人なり」とある。

唐の詩人、李白や杜甫、そして日本の西行しかり、多くの文化人は旅を愛し旅に明け暮れしてきた。

私も片雲の風に誘われて旅心抑えがたく、韓国、中国をはじめ東南アジア、インド方面に足をのばしていった。やがてヨーロッパやエジプトまでも気が向くま

芭蕉と會良（森川許六筆）

ま足が向くまま一人旅を続けていった。

人生ははかなし、夢のごとし。私も今を生きんと旅を重ねるうちに歳を重ねてきた。

江戸時代の芭蕉が今の世に生存しておれば、奥の細道程度に満足せず世界に目を向けていたろうと推察する。

明治時代の正岡子規は病に臥し、満足な生活が送れずその中にあっても文学の道にいそしんだ。司馬遼太郎は彼の生存中に「故人の中で天がもう少し丈夫な身体を与えてほしかった一人は子規である」と述べている。元気だったら子規も又、世界に目を向け、旅をつづけたに違いない一人だ。

正岡子規

痰一斗へちまの水も間にあわず　　子規

国内で詠んだ句に引き続き、今回は海外で詠んだ句のいくつかを入れて、私なりの思い出を綴っていきたい。

私は韓国駐在のサラリーマン時代から、中国の大連出張の折りなどにも句作をつづけてきた。
ここでは大連で詠んだ句を三句紹介しておこう。平成3〜5（1991〜1993）年の作である。

春旅順孤児の養母と握手する
激戦を知らずや鳥も夏草も
ぼたん雪羽毛《うもう》雪だと孤児語る

大連市旅順口区に技術供与先（現在は帝国電機の関連子会社）があり、ロイヤリティの問題や研修生の受け入れ等が発生して、社長や副社長のお供をして二回ほどの出張をした。通訳は大連育ちの日中戦争の戦災孤児、清水広さんだった。

彼は伊丹のゴム工場で働いていたが、わが社のことを聞きつけ、手紙をよこしてきたのが縁で採用した経緯がある。

孤児の養母とは彼の育ての親である。旅順出張時の昼休み時間に工場守衛室に私を訪ねて

戦災孤児、清水広さん

清水さんの娘・暁（あかつき）
さんの結婚式（於・大連）
右が広の養母

こられた。見れぱ白い帽子の白系ロシアの可愛いおばあちゃんだった。長年ご主人ともどもこの地で病院勤めをしていたらしい。

激戦の句は二百三高地で詠んだ句である。

俳句の伝統からいって、国内で詠むのが通常だと思うが、私はおかまいなしに、次々と海外でも句作を続けた。

お隣りの国、韓国や広大な中国の一部地方には四季があるが、台湾、ベトナム、タイ、インド、エジプト等になると年がら年中夏と言ってよく、季語のない作品もあった。

インドの祇園精舎で発掘調査をされていた故 綱干善教《よしのり》（関西大学名誉教授）の「アジアの文化遺産」というカルチャー講座の聴講をうけた。

「私は何処の国でもメモをとって、それを俳句にしてしまいますよ」

あれれ、私と同じやり方だと思って先生の視野に親近感をもった。

「この道は門外漢ですよ……」と言われ次の句を紹介してもらった。

旅順203高地の記念碑の前にて

除夜の鐘撞《つ》きてインドも春あらた　　善教

現れし土の仏に春光る　　善教

ここで私がインドで詠んだ句も紹介しておこう。妻が何回となく「インドには行かないの」と聞いてきた。私は「暑い国だからなあ……」とあいまいな返事をしていた。そのうち旅行社のパンフレットを見ていたら、「インド・ネパール８日間」とあった。「これ、これ」と思い申し込んだ。

妻は喜々として同道してきた。しかし、あれだけ気をつけていたのに、多分、水が原因で二人とも下痢で少し体力が弱りながらの旅と相成った。

余談になるが、その後暑い国の旅は、大徳寺や一休寺で作られ、販売されている黒い粒の「一休納豆」を持参、これが中々の妙薬なのを書きとめておこう。

以下平成12（２０００）年の句である。

鳶《とんび》鳴きインドの朝が始まりぬ　　デリーにて

菩提樹の繁りや釈迦は遠き人　　サルナートにて

ブッダガヤのマハボディ寺院
（釈迦が悟りを開いた地）

深い河日の出が染めて聖花《はな》浮かぶ　ベナレス、ガンジス河にて

インドにも案山子《かかし》が立ってサリー着る

ネパールのガイドすばやく蛇つかむ

※口絵参照　インドの旅

暑いインドに引き続き、台湾、マレーシア、カンボジア、トルコ、エジプトで詠んだ句も紹介しておこう。

スコールの吹き落ちる滝阿里山頂　台湾にて

夏八度暗号の山聳え立つ　台湾にて

この二句は台湾の名所・阿里山の旅で詠んだ。トロッコでの登山中、高い岩山の崖からスコールが滝のように落ちている風景は壮観だった。

阿里山の頂上は涼しい。暗号の山とは新高山であり、明治天皇が当時台湾が日本の植民地になった時、新しく日本の山となって、富士山より高い山だと命名。「ニイタカヤマノボレ」が米国との開戦合図になった。

檳榔《びんろう》の赤き歯を見せ鯛を売る　　台湾にて

檳榔樹はヤシ科の常緑大木。果実は鶏卵大でそれを切って練《ね》り石灰をまぶし、キンマの葉に包んで嗜好品とする。赤くなった唾《つばき》を吐くのを見て、かつてこの国を旅したアメリカ人は「タクシー運転手は皆病気にかかっている」と言っていたらしい。眠気予防になるらしく車の運転手は特に愛用している。ニコチンと同じく中毒性があるようだ。

マラッカの浜辺のペン画
土産に買った絵

朝発ちてブーゲンビリア目に眩《まぶ》し　　シンガポールにて

蚊帳の中旅の夜に聞く波の音　　マレーシア・マラッカにて

百万の蛍の光樹を飾る　　マレーシア・テレンバンにて

マレーシア・クアラルンプール郊外のスランゴール河に、小舟に乗って蛍狩りにいったことがある。マングローブの木に、クリスマス・ツリーのように蛍の群れが灯を点していた。中々ロマンチックな光景だった。蛍は日本のものに比べてうーんと小さかった。

（カンボジアの句）

滅ぶ寺ガジュマル魔法の手を伸ばし　タ・プローム寺院にて
炎天下滅びの美あり石の寺　タ・プローム寺院にて
蛙鳴き裸足《らそく》の子供遊ぶ古都　プノンペンにて
ハンモックで休みなさいと店の女《ひと》　プノンペンにて

タ・プローム寺院は、12世紀末のアンコール王朝の仏教寺院。19世紀に密林の中からガジュマルに覆われた遺跡が発掘された。ガジュマルは中国では榕樹《ようじゅ》と呼んでいる。まるで大タコが獲物を取りおさえたような植物の目を見張る繁殖力であった。

※口絵参照　カンボジアの旅

タ・プローム寺院を覆うガジュマル
発見当初のままで保存されている

（トルコの句）

燕《つばくろ》の羽根光らせてエーゲ海

紀元前遺跡に咲いた春の花

麦育つ緑の絨毯《じゅうたん》何処までも

春の陽にピンクに輝く塩水湖

塩水湖にはピンクの岩塩が底に沈んでおり、多分そのせいでピンクに水面も輝いていたのだろう。

（エジプトの句）

朝まだきアザーンしじまを破りたり　　カイロ市内にて

炎天下アラブの頭巾ひらひらと　　ギザ地区にて

アザーン（アラビア語）は、イスラム教寺院への礼拝への呼び掛け。宿泊したホテルが寺院の近くにあり、早朝5時より拡声器からアザーンが鳴り響いていた。

ギザ地区のピラミッド見学中に、2回ほど風強く帽子を飛ばされた。絵葉書売りの少年が拾ってくれた。絵葉書を買うと、又すぐに手を出し「バクシーシ」と言ってチップを要求された。バクシーシはコーランの中にある「富める者は貧しい者に施しを」の教えである。そこで私はアラブの頭巾を1$で買って適当に頭に巻きつけた。すれ違うアラブの人が「違う、違う」と言っているようだった。そこでサブガイドの現地人が巻き直してくれた。

カフラ王のピラミッド
—頭巾をかぶった筆者—

その二　ヨーロッパの旅

煙突《エントツ》は飾りとなりて春倫敦《ロンドン》

春風や恩師学びし街歩く　（ドイツ・ハイデルベルク）

ミュンヘンの酒場に春の灯がともる　（ドイツ・ミュンヘン）

春の雪古城にさらさら降りそそぐ　（ドイツ・白鳥の城、ノイシュヴァンシュタイン城）

大英帝国の伝統と現代が交錯する街、ロンドン。住宅にも昔の煙突がついたままで古式悠然としていた。中でも大英博物館は私の目を釘付けにする文化遺産の数々があった。

ドイツのハイデルベルクは学問の街。関学時代の恩師、池内信行がかつて留学されていた街である。先生は大正10年コロンビア大の経営学部を卒業後ハイデルベルクに留学された。

先生は旧制龍野中学の卒業で、クラスメイトに三木清がいた。先生はある時こんな話をされた。「三木君はよく勉強ができていたが、英語だけは私が上だった。初めてこの中学に外人教師がきたが、この先生と話ができたのはオレだけだったよ」三木清も『読書遍歴』の書でこのことは認めている。

私が播州出身だとわかると色々と面倒を見て下さった。ゼミの担当だった先生に就職用の推薦状を書いてもらった時、こんな話をされた。

「皆は一流会社ばかり入社したがっているが、中々役員にまでなれないよ。それより中小企業に入って苦労しながらその会社を大きくしよう、育てようの根性がないとだめだ」と言って「姫路の親戚の者がやっている会社があるんだが……」と紹介して下さった。私は先に京都の大会社に就職が決まり、そこには応募しなかったが、何とその会社がその後上場し、今では世界に誇る一流会社のG社になっている。

VI

中国の旅　あちこち

(一) 纏足《てんそく》の人を見たよ

夏の池小島は水中魚《うお》は天　（九寨溝《きゅうさいこう》）

冬陽さす黄色の壁に鐘の音　（寒山寺）

長江の水ゆるやかに年惜《おし》む　（鎮江）

孔林を出て焼芋の品定め　（曲阜の旅にて）

底冷えがします孔子の古里は　（　〃　）

大根を生かじりする火車の旅　（　〃　）　※火車は汽車で汽車は自動車

九寨溝は山紫水明の池で、池には空が映し出され小鳥があたかも池で泳ぐように映り、魚は天空をかけているように見えるのだった。女神の鏡が空から落ちて割れ、１０８の湖となったという伝説がある。このあたりはチベット族のすむ村である。

曲阜の旅で儒教の創始者孔子の里を訪れた。三孔と呼ばれる孔廟、孔府、孔林があり歴史と文化の名勝地である。孔の姓が大半で同じ姓がこれだけかたまっているのは珍しい。私はこの地で纏足《てんそく》の方に初めてお目にかかった。四、五人の方に足の包帯をはずして見せておられ、そばを通っていた私は、思わず覗き見をした。現在の中国では、纏足の方の生存はほとんど無くなっていると思う。

宦官《かんがん》や纏足は中国歴史に残る奇習である。

(二) 雲南の道をゆく

大連の出張時に詠んだ句は既に載せた。

中国は広大な面積を持つ国で、観光する自然や史跡の数は多い。私は大連への出張の2回を入れて、中国へは31回の渡航歴がある。

ユネスコの世界遺産は文化遺産、自然遺産、複合遺産を併せると55ヵ所もある（2020年度調査）。

妻は「中国に行くよ」と聞けば、大抵は同道してきた。中国語（北京語）は準二級の資格をとっており、お蔭様で通訳同道の旅でもあった。

平成27（2005）年、妻が脳梗塞で倒れて以来、私の腰痛再発もあり、旅は取り敢えず中止して、その後は執筆活動に精を出した。

雲南の道

訪問順序は前後するが、まずは雲南の道から始めよう。この地は夏も暑くなく冬も平均気温9℃前後で、正に四時如春（スーシールーチュン）である。

雲流れ草笛ひびき馬駆ける

雲南は風強く、高原地帯が広がっている。旅の一行は麗江の街を見学して、その日はホテルに宿泊、明朝5596mの玉龍雪山の見える雲杉坪《うんさんへい》にジープやロープウェイやリフトで行く予定になっている。

8人乗りのジープで行く山道は、大木や大石が道をふさいでおり、運転手や現地ガイドは大忙しだった。一つ運転を誤れば谷底でもあり、ヒヤヒヤの連続だった。

やっとのことでリフト乗り場にやってきた。ここ雲杉坪は1平方kmもある広々とした高原で、標高は3240mぐらいと聞いた。

みんなは乗馬を楽しんでいるようで、パカパカ、パカパカと勢いのよい蹄《ひづめ》の音が聞こえてきた。馬が遠ざかると今度は草笛が聞こえてきた。少数民族の人が草笛で恋人を呼んでいるのだろう。この高山地帯はチベット族がヤクを家畜として生活している。私は句がうかびノ

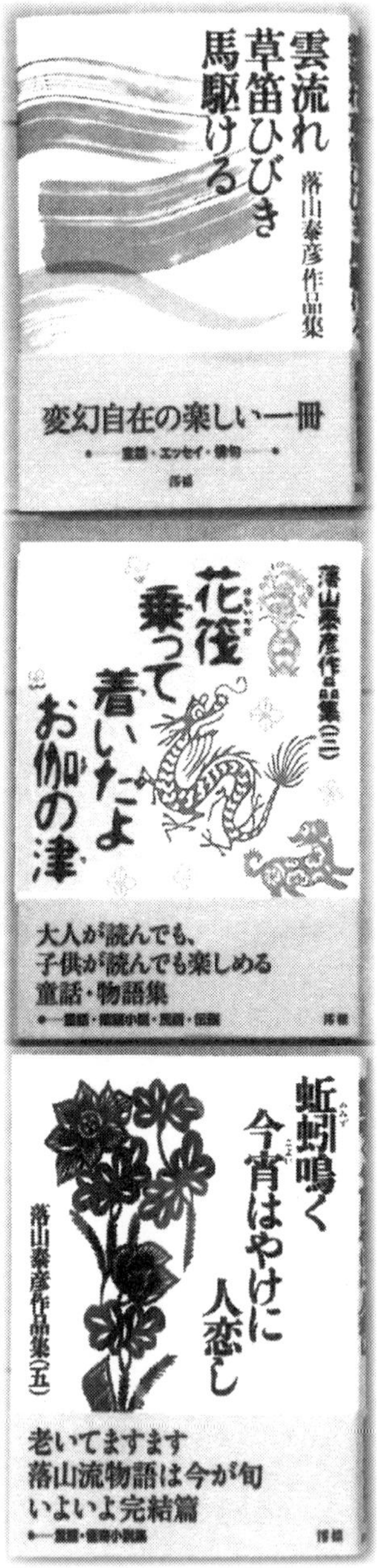

ートに走り書きした。

この句が、私の最初の自費出版のタイトルとして倉橋健一先生に推薦された。少し長いタイトルと思ったけれど、俳句がタイトルとは、さすが大先生の発想はすばらしい。

やがて、私は俳句のタイトルがお気に入りとなり、6年半の間に俳句のタイトルのものを5冊も出版することになった。

目に青葉
時の流れや
川速し
落山泰彦作品集(三)
よみがえれ、美し国日本

へこたれず
枯野を駆ける
老いの馬
落山泰彦作品集(四)
気取らない、ムダのない、
たんたんとした語り口

さて、しばらくすると天候が急変して、リフトに乗り玉龍雪山の見える高台に到着したが、視界0で残念だった。チベット族の村の娘さんたちが民族衣装を着て観光客を歓待してくれた。玉龍雪山の雄姿は絵葉書を買って眺めることにした。

※口絵参照　雲南の道をゆく

(三) 西湖を訪ねて

「上有天堂、下有蘇杭」という言葉がある。上に天国あり、下には蘇州と杭州があるといわれている。かつて芭蕉をはじめ日本の文人たちもこの地を憧れてやまなかった。

西湖の名は中国四大美女のひとり西施《せいし》に由来している。春秋戦国時代、呉と越とが激しく争っていた時、越王は呉王夫差に西施をおくった。その美貌は夫差を虜《とりこ》にしてしまい、その結果、呉は滅亡してしまう。

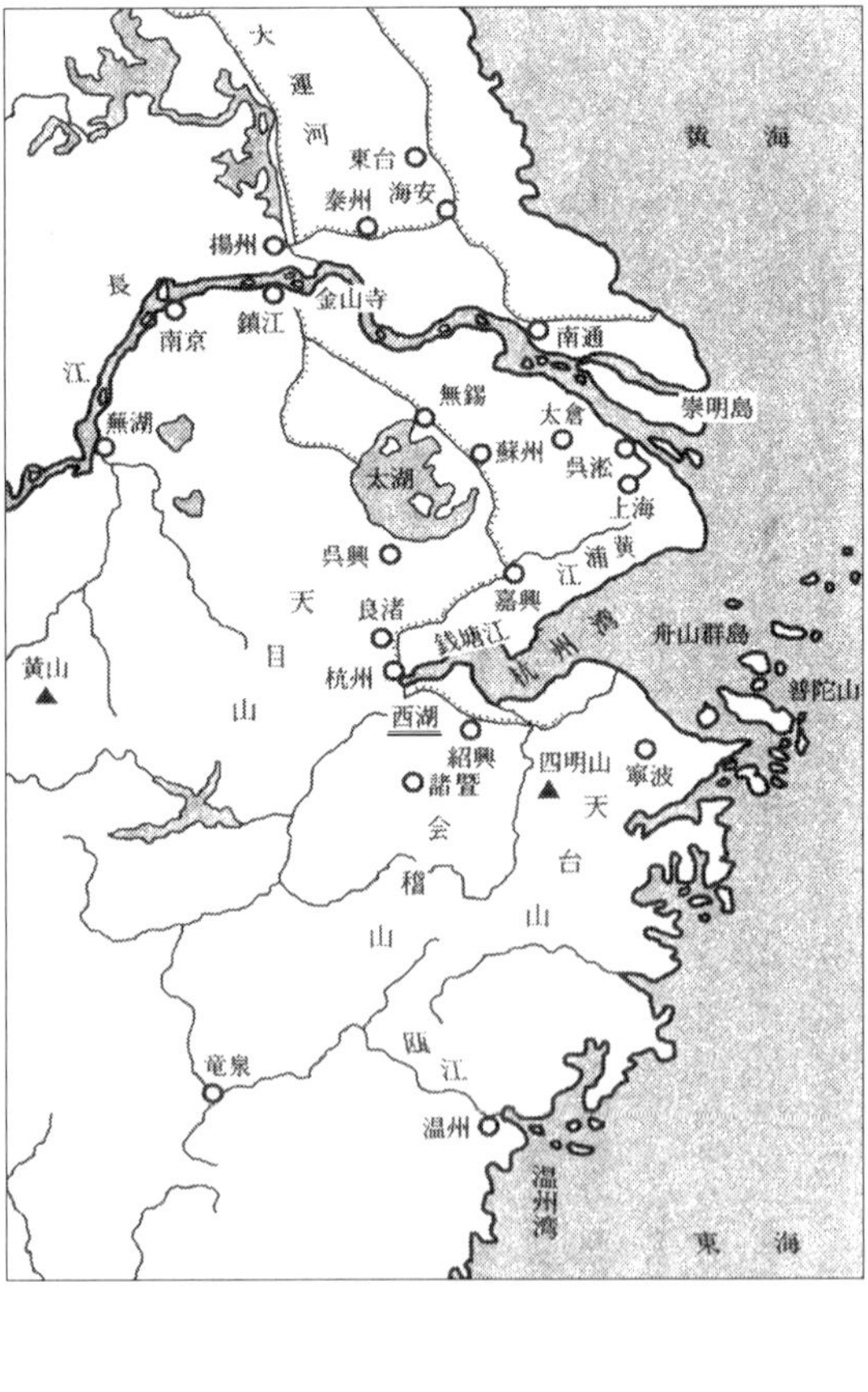

西湖は雨の日には霧に煙り一段と西施のように妖しく美しく映えるが、晴れの日も薄化粧となって、それなりに美しい景観となる。

芭蕉は『おくのほそ道』で次の文をのこしている。

〝象潟《きさがた》は堪え忍んでいるような沈んだ印象を与える。寂しさの上に哀しみをたたえて、象潟は、心悩ませる美女を思わせた。〟

象潟（秋田県）は地震で地形が崩れ、昔の景観にはほど遠いようである。私は西湖を訪ねる朝、空を見上げ、今日は雨でもいいなと、一瞬思ったがその兆しは見せず好天であった。

象潟や雨に西施がねぶの花　芭蕉

椿咲き晴の西湖も正に良し

※口絵参照　西湖を訪ねて

㈣　黄山を歩く

私が黄山を訪れたのは、平成17（２００５）年の9月で、黄山の玄関口として知られる屯渓《とんけい》と黄山の旅であった。黄山を訪ねる時期はいつが天候が一番よいか、各種ガイドブックで調べて9月を選んだ。屯渓は宋代の名残を残す古都でお茶の名産地である。

黄山は七十二峰を持つ山塊で、雲海・奇松・怪石・温泉の四絶で有名だ。山頂へはロープウェイで登れるからラクチンである。昔はロープウェイはなく山頂まで延々と続く石段で登山していた。人間はロープウェイで運ばれるが、山頂での食材やホテルのシーツ、人間の排泄物のタンクは御法度《ごはっと》である。これらの運搬は天秤棒を担ぐ大勢の男の人が働いている。

私はシーツを運ぶ人夫にどれだけ重いか担《かつ》がせてもらったが、ヒョロヒョロとして倒れそうになり、皆の失笑を買った。

この名物の石段があるため、この地は自然遺産ではなく複合遺産として世界遺産に登録されている。

私は退職後、腰痛に悩まされていたが、やっと前年の済州島旅行あたりから回復して、大分歩けるようになっていた。この旅は12人くらいのグループ旅行であったが、殆どは健脚の人で登山靴に履き替えている人も中にいた。連れ合いは自信がないと他の二人連れの女性と三人、日本のツアーガイドの人に案内され、先に山上ホテルへと向かって行った。

私は少々心配しながらついて行くことにした。歩きながら話をきくと、旅行前に神社の石段を登り降りして鍛えてきたという方もいた。中には前回来た時、雨にたたられ3日間もホテルで天候回復を待ったが、あきらめて帰国したという方もあった。

私はまるで空から石が飛んできたように高台に立つ「飛来石」が一目見たかった。飛来石は同じ石台のつづきの岩で、浸食作用でできたようである。もうここまで辿りついた時は夕暮れで、美しい夕焼けも見ることができた。みんなは童心にかえり、ヤッホー、ヤッホーと言って木霊《こだま》を楽しんだ。見晴らしのよい高台からは下界の峰々が眺められ、ヤッホーと叫ぶとかなりのタイムラグがあり、遠くでヤッホーと他の人が叫んでいるようだった。

黄山の木霊はかすか秋の暮

※口絵参照　黄山を歩く

㈤　香港から広州、そして桂林へ

私が桂林を訪れたのは現役の頃で、平成４（１９９２）年のゴールデンウィークに、妻を誘い香港・広州・桂林６日間の旅であった。当時の香港空港は九龍サイドの香港啓徳空港で、空港到着間近になると、あの魔界のような朽ち果てた高層ビルの上を飛び、何だか気持ちが悪かった。自由時間に二人でその中に入ってみたが、うす暗くじめじめとして、何処からかギャングが現れて、ブスッと刺されてもおかしくない所だった。

美しい香港風景はスターフェリー乗り場で買い求めた一幅の水彩画を見てもらうことにしよう。当時はジャンクが走っておりスターフェリーも描かれ、懐かしい絵である。

※口絵参照　香港の水彩画

※ジャンク（中国語・戎克）は中国の帆船。

香港から広州までは九広鉄路の軟座（グリーン車）を利用する３時間ほどの楽しい旅だった。車窓からは次々と珍しい風景を眺めた。広州から桂林はフライト便で復路もこのコースの逆順で香港から大阪へと帰っていった。

広州と杭州は同じ呼び方なので、杭州の方はクイの杭州と言って区別されている。広州は海に向かい開かれた、中国の地の南の窓といってもよい。駅前より食堂に向かって歩いているが、その喧騒《けんそう》ぶりは上海や北京などの大都市と比べて整然としていなく、混雑ぶりは目を見張るものがある。現地ガイドは「スリに気をつけて！」と何回も叫んでいた。カバンはフタの方を身体の方にして、しっかり肩にかけていないと、アッという間にすられてしまうのだ。まるで満員電車の中を歩いているようだった。

食堂の入口附近にはカメ、スッポン、ヘビ、ハリネズミ等が飼われていた。食材として利用されるのだ。我々日本人には一般的な広東料理であった。さすが北京、上海、四川《シセン》と並んで中国四大料理の一つと呼ばれている広東料理は「食在広州」（食は広州にあり）といわれ

るだけの美味な料理である。新鮮でバラエティあふれる素材を生かしており、さっぱりとして辛くも甘くもない上品な味であった。

食堂で静かに待つ身の蛇を見し

ホテルにて中華がゆの朝食をすませ、中国民航機でいよいよ桃源郷、桂林へと向かった。昼食をすませ、午後は桂林の街を観光。桂林の街はどんより曇り、まるで水墨画の世界を呈していた。桂林の名は桂樹（キンモクセイ）が多いから付けられたという。今も9月頃になると街中に黄金色の花が咲き乱れ、甘い香りが漂うという。

独秀峰、蘆笛岩《ろてきがん》（全長２㎞の大鍾乳洞）など世界第一級の奇観を誇る街にふさわしい名所を訪れた。

桃花江が漓江に注ぐ角に象鼻山《しょうびさん》がある。まるで巨象が鼻をのばして水を飲んでいる姿に見える。

伝説によると大昔のこと。天上の帝王が象に乗って桂林を通った時、天上の象は病気にかかり、やむなく道端に置き去りにして一行は行ってしまった。住民たちの手厚い看護で象は元気になり、お札にと人間世界で働いていた。これを知った天帝は激怒して、川辺で水を飲もうとしていた象を殺してしまった。すると象はたちまちのうちに、石に姿を変えてしまったという。

観光中にあたりがうす暗くなってきたと思いきや、その時大きな雨音をたててスコールがやってきた。

スコールで墨絵の世界消え失せる

ホテルで朝食をすませ、このツアーのハイライト〝漓江下り〟へ出発だ。まずは船着き場の楊提《ようてい》まで貸切バスで到着。

漓江は広西《カンシー》チワン族自治区の東北部を流れる桂江の上流を指す。桂江は石灰岩台地を流れるため、上流、沿岸には石林、岩洞などが多く、風景が秀麗な川として有名。この地方は三億年ほど前は海底だったと言われている。海水の浸食によって石灰岩の奇峰があちこちにそびえている。

大パノラマを眺めながらのランチタイムは、動く食堂と呼んでよく格別な思い出となった。食事をすませ、船内の甲板をウロウロしていると土産売りの人もいたが、物乞いの人も見かけた。

蝿もいる物売りもいる船下り

両岸には、この世のものとは思えぬほどの絶景が繰り広げられ、驚嘆と感激の3時間であった。終点は陽朔。このにぎやかな街でショッピングを楽しんだ後、専用バスで再び桂林に到着しホテルへと直行した。今回の旅の食事は香港以外は全て広東料理ばかりだったが、飽きが来ず楽しめた。

桂林から広州まではフライト便。昼食は市内の一流レストラン「泮渓酒家」で広東料理を賞味、午後からは広州市内観光に出かけた。

革命の旧跡、農民運動講習所、越秀公園、人気者のパンダがいる広州動物園を訪問し、友誼商店でのショッピングも楽しんだ。

旅の日程は全て終了した。九広鉄道で翌日は香港に戻り、大型機で台北を経由して20時15分、関西国際空港着となった。思えば4月28日に出発、5月3日に帰国するという充実した日程の旅であった。妻弘子も満足した表情で二人とも元気での帰国だった。

自宅に着くと旅は旅で楽しいが、やっぱり日本が一番だといつも思う。連休明けは、フレッシュな気持で人事総務の仕事に精を出そう。

尚、旅の料金を明かせば、二人分で申込金6万円＋31万円の計37万円であった。旅行企画会社は「新日本トラベル㈱」である。平成4年のこととて、残されたメモをたよりにこの紀行文を記すことができた。

※口絵参照　香港から広州、そして桂林へ

㈥　天津・北京 冬の旅

北京には春夏秋冬、何回となく訪れている。最初に訪れたのは平成６（１９９４）年の秋の旅である。その後、北京空港より貸切バスにて春秋戦国～清の名残りを訪ねる「南都河北省の旅」や、「モンゴル旅行」は北京空港で乗り継いでの旅であった。

モンゴル旅行はダライ・ラマのモンゴル訪問で僧が帰国するまでフライト便は順延となり、北京で宿泊して市内の自由行動となった。ホテル代は北京空港持ちで、旅行仲間の皆はがっくりしていた。私は市内の一人歩きを楽しんだ。

平成10（１９９８）年の年末から新年にかけての天津北京・冬の旅は天津外語学院に短期留学をしていた妻の案内で天津市内を見学した。

今でも印象に残っているものに、犬も相手にしない肉まんじゅう（包子《パオズ》）の店だった。中々の美味で、北京で売っている包子でも天津包子の看板がなければ買う人はいないと言われている。店の名は〈狗不理《ゴウプーリ》〉で、犬（狗）も食べないという名が中々面白かった。「逆も又真なり」である。あつあつの肉まんをかじると、油がにじみ出てうっかり服をよごすところだった。連れ合いの話によると店主が子供の頃、あまりにも強情な性格なので、親がその子に狗不理と名付けたらしい。天津滞在中に「安くておいしいので何回となく食べにきたのよ」と懐かしそうに話すのだった。

天津～北京は列車の旅で、北京駅につくと駅前でコロンと上手に妻が転んだのは忘れられず、一句ノートに走り書きした。

着ぶくれて妻転びおり北京駅

どっしりと石舫浮かぶ凍結湖　（頤和園《いわえん》）

大理石製の石舫《せきぼう》は絶対に沈まない清王朝に例えて乾隆帝が造らせた船である。舫とは庭園内に造られた船のこと。

※口絵参照　天津・北京　冬の旅

(七) 北京 秋の旅

北京は春夏秋冬それぞれに風情があるが、やはり秋のシーズンが一番よく、俳句も秋の句が断然多い。

天安門鳥凧の上天高し
好漢になりて長城天高し
野積みする白菜の山古都の秋
柳散る陵の石人顔に傷
物売りのバス窓叩く秋の暮
秋深し盲人の弾く胡弓の音《ね》

中国では万里の長城に人生に一度は登っていないと、好漢とは言えないといわれている。好漢とは能力が有って、将来の発展が期待される男のことである。私は北京以外に承徳に行く途中、金山嶺長城にも登っている。果たして私は好漢になれたのだろうか、疑わしい限りである。

晩秋になると、そろそろ冬ごしらえで、韓国と同じで漬物等にする白菜の山があちこちにできる。日本の関西などは北京やソウルに比べると、うーんと冬は温暖である。私のソウル駐在時代、会社はキムチ手当を従業員に給していた。

私は北京の宿泊は、老朽化していたが名門の「北京飯店」を利用していた。旅の疲れもあり、ホテルへの帰りを急いで地下道に入ると、胡弓の美しい音色が聞こえてきた。私はチップを小箱に入れて椅子に腰掛けていた。私の悪いクセでつい、うとうととしてしまった。道行く人に肩をたたかれハッとして気づいた。スリにカバンをよく取られなかったものだ。この悪いクセは今も治っていない。盲人は何事もなかったかのように胡弓を弾き続けていた。

※口絵参照　北京 秋の旅

Ⅶ　モンゴルの旅

この旅は平成18（2006）年8月、モンゴル帝国建国八百周年を記念してJTBが企画し、私もこのツアーに参加したときのものである。

ゲルの中五匹の蝿の天下なり

満天に流星ありて友偲ぶ

モンゴルの渡りたきかな天の川

大草原覇業の騎兵駆け巡る

以上キャンプ地・テレルジにて詠む

「天津・北京の旅」冒頭文に書いておいたように、ダライ・ラマ僧がモンゴルに来ていた為、北京で一日足止めされ、その上、翌日の北京発のフライト便も強風のため出発が遅延し、夜になってチンギスハーン空港に到着した。

夕食をゲル（中国ではパオ）の事務所内にある食堂（GOBI MON）ですませ、男性四人ゲルの宿泊体験をすることになった。夏だというのに夜中は冷えるとのことで、おじさんがストーブに火をつけにやってきた。

蠅がゲルの中を飛び廻り、うるさくて寝付きが悪かった。夜中に小用で目がさめ、一人でゲルの近くの事務所に足を運ぶこととなった。

ゲルの外に出ると驚いたことに、天の川や北斗七星が草原に地続きのように下の方に大きく見えた。

司馬遼太郎は『街道をゆく・モンゴル紀行』の中でこんな名文を書いている。「夏のあらゆる星座が、われわれにいどみかかるようにして出ている。（……）。うかつに物を言えば星にとどいて声が星からはね返ってきそうなほど天が近かった」

私は無礼かと思ったが辛抱できず、その場でタチションをした。田舎育ちの私は、小さい頃から数え切れない程しているが、ここでのそれは最高に気持がよかった。

最後の句は、騎兵が駆け廻り陣地取りの争いをしたり、石鉄砲の実演等があり、映画にも撮影された大掛かりなショーであった。

乗馬体験もあったが、訓練不十分の若馬も駆り出され、母と娘の親子で来ていた娘さんが落馬してしまった。幸い無事で旅を続けていた。

この旅でご一緒した奈良から参加していたご夫婦、丸山誠史さん、美沙さんは、このモンゴル旅行が夫婦同行の百回記念の旅ということで、皆でお祝いをした。

一人旅で百回の旅は多くあるが、夫婦で百回はめずらしいようで、帰国後日経の雑誌やパソコンで、今までの旅の内容をよく見せてもらった。

今回のご夫婦の旅の様子を見ていると、日本からお菓子やチョコレートのお土産をたくさん持参して、母と子供の写真を撮るのに、先ずそれを差し上げてから母親の了解をとり、シャッターを切っておられた。この点、私は大いに見習うべきだと思った。かつて上海で、子供たちが大勢で遊んでいる写真を撮ろうとして、睨《にら》まれたことがあったからだ。

日本とモンゴルは友好国で、皆さんご存知のように、大勢の力士が日本で育っている。又、橋や道路には建設に協力した日本の会社名が表示してあった。

※口絵参照　モンゴルの旅

Ⅷ　俳句雑感

(一) 季語に魅せられて

日本には四季があり、世界でも有数の美しい国と言われている。おかげで季語も豊富。美しい季語、おもしろ味のある句をひもとくと、これでもか、これでもかといくらでもある。勿論私が未だ使ったことがないものが圧倒的に多い。

季語を入れることによって自然はもとより人事までイメージがふくらみ、作品に厚みがまし、私がこの道にのめり込んでいったのは無理からぬことであった。

初明り、風花《かざはな》、寒燈《かんとう》、春うらら、草萌ゆる、
行く春、春惜しむ、風薫る、青嵐《あおあらし》、万緑《ばんりょく》、
秋晴れ、残菊、木守《きまもり》、冬ざれ、虎落笛《もがりぶえ》、

等々、こんなふうに美しい季語はたくさんある。

狛犬の朱き口中《くちなか》初明り

春うらら亀三十四の甲羅干し

行く春や知覧《ちらん》の遺書に妻涙

風薫る寺の畳に赤ん坊

秋晴れの日を選んでや妻逝きぬ

面白みのある季語

嫁が君、
山笑う、（山笑うは春で、山粧うは秋、山眠るは冬）
亀鳴く、蚯蚓《みみず》鳴く、狐火、鰤《ぶり》起し、
目借時《めかりどき》、虎杖《いたどり》、　等がある、

嫁《よめ》が君《きみ》とはネズ公のことである。古くから鼠《ねずみ》は大黒様の使いとされ、正月三カ日のネズ公は嫁が君といって、もてなす習俗がある。

蚯蚓《みみず》鳴く今宵はやけに人恋し

私の作品集（五）の童話の部で、「ミミズのかなしい願いごと」を載せた。その関係もあってタイトルにこの句を選んだ。

蚯蚓鳴く
今宵はやけに
人恋し
落山泰彦作品集（五）
老いてますます
落山流物語は今が旬
いよいよ完結篇

蚯蚓《みみず》鳴くの季語は秋。夜間あるいは雨の日などにジーッと細く長く切れ目なく鳴くのを昔からミミズ鳴くと言った。ところが、それはオケラ（螻蛄《けら》）の鳴き声のようである。

季語に一つや二つの勘違いがあっても、空想的、浪漫的で私は面白いと思っている。**目借時《めかりどき》**も中々面白い。苗代で蛙が鳴きたてる頃、やけに眠たくなる。これは蛙に目を借りられているからだという。

虎杖《いたどり》の杖を持ちたや夢の中

春の季語でイタドリとは中々読めない。その細竹のような太い芽茎を皮を剥いてそのまま生食したり、二杯酢で食べる。

私は田舎の小学校の帰り道、川原に立ち寄り、お腹《なか》を空かしていてよく食べた。播州ではダンジと呼んでいたが、地方によってはスカンポ、サシボ、ゴンパチ

すいば

とも呼んでいる。正式名は酸模《すいば》である。30㎝ぐらい伸びた酸っぱい口あたりのものを腹一杯食べたものだ。成長すると1mから2mぐらいにもなる。私には学校給食のアメリカ製の脱脂粉乳ミルクが苦手でダンジの方を好んで食べた。

しかし何故こんな句が夢の中に浮かんだのか。おそらく老いた身と小さい頃の思い出が、重なりあったのだろう。

その他おもしろ味のある季語として次のものがある。

獺《かわうそ》の祭、龍淵に潜む

獺の祭見て来よ瀬田の奥　芭蕉

琵琶湖の瀬田川の奥に獺が生息していた頃もあるらしい。

龍淵に潜む男《お》の子の蒙古斑　須佐《すさ》薫子《かおるこ》

ユーモアのある句

季語に面白味がなくても、俳句全体が面白いものに坪内稔典《ねんてん》の句がある。

三月の甘納豆のうふふふふ　　稔典

たんぽぽのぽぽのあたりが火事ですよ　　稔典

ユニークでエスプリが利いて、さすが天才俳人の特級の腕前である。

ユーモアのある俳句を有名な俳人たちが、たくさんつくっている。ところが滑稽味のある俳句は表舞台にあまり登場してこない。不真面目とされ、過少評価されてきた。しかし元々俳句は俳諧の連歌よりはじまっており、ルーツは滑稽なのである。

学問は尻からぬける蛍かな　蕪村

睾丸《こうがん》をのせて重たき団扇《うちわ》かな　子規

叩かれて昼の蚊を吐く木魚かな　漱石

私の句にも、それらしきユーモアのあるものがある。部屋に棲んでいるクモはダニや雲脂《ふけ》などを食べて生息している。私は殺さず押入れの中に追い込んでやるのを常とした。又、朝グモを見ると縁起がよいとも言われている。

朝蜘蛛がほいさほいさと跳んでいる

クモ君よ三段飛びならチャンピオンだ

話し言葉がそのままで句

夏目漱石

正岡子規

与謝蕪村

毎年よ彼岸の入りに寒いのは　子規

更衣《ころもがえ》一人になってもこうするの

更衣の句は、今は亡き妻が私の衣類ケースから別のケースに入れ替えをしてくれた時、横で見ていると、妻がつぶやいた一言《ひとこと》である。

自由律俳句

自由律俳句は有季定型に対して、季語にとらわれず、定型にしばられず、感情の自由な律動を表現する俳句。種田山頭火の師である荻原井泉水は、「俳句は一つの段落をもっている一行の詩である」と述べている。

空を歩む朗々と月ひとり　井泉水

荻原井泉水

分け入っても分け入っても青い山　山頭火

うしろすがたのしぐれてゆくか　山頭火

こんな月を一人で見て寝る　放哉

咳をしても一人　放哉

種田山頭火

尾崎放哉

ここで外国人が詠んだ自由律俳句を観賞してみよう。

ロシア人のオレクさんが最近になって詠んだ句は戦争という言葉は使っていないが、ロシアとウクライナの戦いを憂鬱な気分で詠んでいる。

二月川面に穴　ルーシの水すべて黒し

「川面に穴」とは凍った川の一カ所が溶け、そこが真っ黒に見えている様子がうかがえる。

一方、ウクライナ人の女性ウラジスラバ・シモノバさんが詠んだ句を紹介しておこう。

握りしめるロケットの破片痛い

空爆で約3ヵ月間シェルターに避難した後に、近所を歩いていたときに詠んだ句。

※オレクさんの句とシモノバさんの句の出典は参考図書に掲載している。

(二) 俳句の倫理性について

俳句の倫理性に関していえば、五、七、五と短い定型のなかで詠んでいるので、季語に付随してついつい先達の句が脳裏を走り、類句ができてしまうケースもある。明らかに本歌取りというか、本句取りに近いものもある。

次の二句をみてみよう。

じゃんけんで負けて蛍にうまれたの　　池田澄子

闘争に飽きて海鼠《なまこ》に生れたる　　正木ゆう子

この二句にはうまれたの四文字しか同じ言葉がない。

輪廻転生がジャンケンで決まるのか、意志で決まるのか、どちらかが本句取りなのだが、それなりに味わいがあって私は面白いと思う。

輪廻転生は人が何度も生死を繰り返し、新しい生命に生まれ変ること。輪廻転生に次の句もある。

蜘蛛に生れ網をかけねばならぬかな　晩年の高浜虚子の句

桜散るあなたも河馬になりなさい　稔典

春うらら今度私はキリンなの

私は蛍ではなく、キリンになりたいと思う。『私は貝になりたい』は名作ドラマ、そして映画にもなった。

キリンは遠くのトラやライオンの強敵をいち早く察知するため首がどんどんと長く進化したという。ダーウィンの進化論だ。先日「ダーウィンが来た」のＮＨＫ番組を見ていたら、何とキリンの血圧は最高血圧（収縮期血圧）が２２０㎜hgもあるという。それでいて結構対応できる身体にできているらしい。

私は50歳頃より高血圧症と診断されて、薬を飲み続けているので、何ともうらやましい動物である。

(三) ＡＩと「もののあわれ」について

世の中の技術進歩は目まぐるしい。自動車や電車は運転手が無くても走る時代が目前に来ている。やがて飛行機もパイロット無しで飛ぶ時代がきっとくるだろう。

ＡＩ（人工知能）による打ち方が囲碁の世界に入ってきたのは、10年ぐらい前で、プロ棋士たちは目を白黒させた。

やがてチャットＧＰＴ（対話型生成ＡＩ）や生成ＡＩが文章や文芸の世界に入り込んできそうだ。本年（２０２３）に入りＵＳＡのハリウッドでチャットＧＰＴが脚本の世界に入りこんで、関係する従業員らのストライキが続いている。映画俳優までまきこんでいるので、その解決策を注目して見守っている。ようやく9月の末にＡＩ規制についてガイドラインを定め、新しい労働協約で暫定合意した。

今わが国でもチャットＧＰＴや生成ＡＩに関して賛否両論が喧々ごうごう続いている。確かに科学、医学、産業等には有益な武器である。教育分野でも外国語の会話等に重宝がられるだろう。ただマイナス面も多く、その個々の対策が急がれている。

これからもこの問題に関しては、かなりの紆余曲折が予想される。

一方、文学の世界にも早々と入ってきそうな気配を漂わせている。この方面の対策も急を告げている。

果たして人間とＡＩの共存はうまくいくだろうか。時代の流れだ、共存共栄であってほしい。

詩歌や俳句の世界に入りこんでくるなど、私は想像したくない。

この世界は元々は、本居宣長の言う「もののあわれ」の精神が前提になっている。

「人間でないものに、もののあわれがわかりますか」と、問いかけてみたい。

※この項『別冊關學文藝』67号「おくのはりま道」より、加筆の上掲載している。

おわりに

今日も又かくてありなん
好きな酒　少したしなみ
しばしベッドに横たわらん
ありし日のあれやこれやの一場面
にわかに現れ入れかわる
夢うつつ　これもまた楽しかるらん

紙芝居長き人生年の暮

以前読んだことがある芭蕉の『おくのほそ道』の文庫本を買ってきて寝る前に少しずつ読んだ。特に松島の件《くだり》は、芭蕉は俳句こそ詠んでいないが、名文中の名文で書き綴っている。

読み終わり、私も芭蕉の足元にも及ばないが、俳句を散りばめながら紀行文を書きたくなるのだった。

毎日少しずつ書きため、その集大成が『旅と俳句のつれづれ草紙』になっている。

本を編むにあたっては、倉橋健一先生、たかとう匡子先生には数々のアドバイスを受けている。

今回のこの『旅と俳句のつれづれ草紙』も例によって出版社の松村信人社主、データ作成の山田聖士氏、装幀の森本良成氏のご尽力により発刊できている。皆さんに謝意を述べておきたい。


令和五（二〇二三）年　師走もおしせまった頃に

めくるめく15年の歳月が流れて

倉橋健一

めくるめく15年の歳月が流れたというのが、今、率直な私の感想だ。出逢って三年近く経った頃、最初の一冊『雲流れ草笛ひびき馬駆ける』を、落山さんは刊行した。今となっては懐かしさもともなうので、そのときの私の書いた跋文の導入部をそのままかかげておく。

「落山泰彦さんとは出会ってまだそんなに月日は経っていない。三年たらずだろうか。何年か前から芦屋の文章クラブをみていて、そこへひょいと姿を見せたのが縁となった。

ふつう文章クラブといえば身辺雑記風の小文、回想、旅行記などが主で、そこから自分史へとたまに踏み込む人がいるが、たいていは手慰み程度で終始するのがふつうだ。ただ、私など、詩や批評、ノンフィクションなど書く立場からみれば、そのまま長く続けているだけではもの足りないのではないかという気もしてくる。そこでなしくずしにジャンルを拡大するほうに挑発をかけて、小説や童話だって書ける人はどんどんやってみるほうが刺激があって面白いのではないですかね、と言う。

この私の挑発に乗るかたちで、いち早く取り組み出したひとりがこの落山さんだった。」

芦屋の文章クラブは主宰者の気まぐれもあり、三年余りで空中分解して、そのとき私は神戸の六甲道でやっていた「神戸ペラゴス」という別のグループに、気の合った人たちを紹介し、いっしょにやってもらうことにした。今も落山さんの住む「ザ・レジデンス芦屋スイート」で二ヵ月に一度、日曜日の朝開いている数人の集まりがそれで、眼下にヨットハーバーの広がる、このレジデンスの24階の集まりは、私にとってはつかのまの清涼剤を飲んだようななごみのひとときとなる。

芦屋で出逢った落山さんは、当時長年勤めたモーターポンプの大手メーカーの役員を退任して、あとは囲碁などの趣味人として生きはじめた頃にさしかかっていたが、講座のあと「いっぱい行こか」とふたりで、阪神電車芦屋駅の線路沿いの居酒屋に入るようになって雑談をするうちに、会合の席だけでは見えない、好奇心旺盛なラフな人柄が、ぞくぞくとその顔を見せはじめた。今少し先の文から引いておこう。

「私との出会いにもし価値があるとすれば、タイミングが合ったこの一点だろう。『小説とか童話とか虚構の世界に人びとが関心を注ぐのは、虚構でないと伝わらないほんとうのことが人間にはあるからですよ』という私の挑発を、何の衒《てら》いもなく受け入れたのが落山さんだったといっていい。童話のパートに収められている『まほうの帽子』『こぶたの冒険旅行』、自分史とファンタジーをうまく掛け合わせた『夢のまにまに』などは、比較的最近の作品で、よく二人で一杯やりながら、ああしたらいいこうしたらいいと、このこと自体を酒のサカナに思案したものだった。その点、この作品集は、童話、エッセイに俳句の三つのジャンルに分けているが、いつどんなふうにここまでの作品量になったか私自身いぶかしげになりたいほど、落山さんの精力を傾けた結果なのである。」

これでおわかりのとおり、今回11冊目になるこの著作集は、俳句を軸に組み立てられているが、最初の頃からもう創作童話あり、民話再生あり、さらに紀行文、随筆風ありとオールマイティ型だった。

その前提になったのが、旅好きで、会社に居たときからたまたま韓国駐在が長かったこともさいわいして、余裕ができると、コツコツ旅に出かけたこともさいわいして、そのすべてが、文のうえでは栄養源となっていった。そこへ人一倍の人なつっこさと、好奇心旺盛がかさなると、もういうことはない。おまけに囲碁仲間など、退職後も趣味を生かした広範囲な人びととの交わりもあって、その人たちが自然に最初の読み手として、落山さんの文を楽しんでくれることになった。この点、私はこの人の持つ屈託のない明るい性格が、余技としてはじめられたこの執筆暮らしをも、もののみごとに後押ししてくれたと思っている。

なかでも面白いのは幅広い好奇心だ。たとえば6冊目の『石語り人語り―石や岩の奇談をめぐって』などは、落山流フォーク・ロア集といってしまってよい。そのうえで、今回この『旅と俳句のつれづれ草紙』がくり返しのべているとおり、奥播磨の出身で、柳田國男の生地に近い。『播磨風土記』として古風土記でも知られ、さらにこの地方にあって素封家の出身で、父君などは村の顔役で、従兄弟には放送作家として鳴らした織田正吉（本名・構恒一）さんなども居て、生活環境にあっても、きわめてめぐまれた育ち方をした。

と、いろいろ、落山さんのあらましを回想風に綴ることになったが、他意はない。11冊目となる今回のこの本は、文という点では、私と出逢う前から親しんできた俳句が、道案内として主役をつとめる役割にまわっている。

だが、その俳句も、結社などには今まで属したことがない我流で、これもまた特色のひとつといっていいだろう。ともあれ、旅好きのなかにあって、このジャンルの持つ五・七・五の定型律は、折にふれて気侭な印象を記憶にとどめるための、備忘録の役目をはたしてきた。大事なのは、長い歳月にわたって、書き溜めてきたこの俳句を、しっかり保存してきたことだ。そのおかげがあって、今回この一冊で語られる内容には時系列はない。昨日今日のものでもないということだ。韓国駐在のサラリーマン時代にはじまり、地域もまた、日本、韓国、中国、アジアの国々にはむろんのこと、エジプト、ヨーロッパにも足をのばして、その折々に詠んだ俳句をとおして語られる。そこは、芭蕉の『おくのほそ道』の本歌取りぐらいのつもりでいると、見てよいだろう。そこがまた、落山さんの独創的なところといってよいが、そこへさらに、芭蕉や子規の句にたいする感想もにじませる。こうなると落山流五目飯だ。あらゆる印象を俳句形式にあつめ、そこを語れば、すべての記憶や思い出も浮かび出るというかたちになった。したがって風景や印象を追うだけの月並み型の句も少なくないが、逆に、この種の文脈のなかで語られると、居場所を見つけたように生き生きしてくる。たとえば、本のタイトルとして、私が自作の俳句をそのまま使うことをすすめたこともものべられていて、五冊ばかり、写真入りで紹介されているが、こうして並べてみるとどうだろう。

雲流れ　草笛ひびき　馬駆ける
蚯蚓鳴く　今宵はやけに　人恋し

など、作品として堂々たるものだ。モンゴル旅行でゲルの宿泊体験をしていて、飛びまわる

蠅に悩まされたあげくの

　ゲルの中五匹の蠅の天下なり

や、神戸南京町の春節を詠んだ

　獅子舞の祝儀袋をぱくり食い

など、最近は私の知人でもある坪内稔典さんの現代俳句の傾向なども取り入れて、写生句と見ても、それなりに面白いと思った。

　旅立ちて　空で餌を受く　燕の子

四国八十八ヵ所巡りの章に出て来る、

旅立ちて笈摺濡らす春の雨

お遍路の列の向こうに虹が出る

などなど、他にも魅力ある句はたくさんある。ここを単純に句集としてまとめず、散文集としたところも、いかにも落山さんの面目躍如といってよいところだろう。

今年86歳。折から、日本海沿岸には震度7の能登地震があり、さらには羽田空港では、大型旅客機の衝突で大炎上と、これがもし中世なら、悪魔祓いの祈祷に明け暮れるかも知れない不気味な新年の幕開けとなったが、この一冊に誘われるかぎり、気分上昇のきっかけとなって、ひるむことなどいるまい。面白くない世を面白くするためにも、えがたい一冊だ。

二〇二四年一月七日

参考図書一覧

『おくのほそ道』（全）　松尾芭蕉　角川書店編
『ホトトギス季寄せ』　稲畑汀子 編　三省堂
『日本大歳時記』新年・春・夏・秋・冬の各版　講談社
『日本唱歌集』　堀内敬三・井上武士 編　岩波文庫
『播磨国風土記　ところどころ』　田中荘介　編集工房ノア
『播磨国風土記を歩く』　文 寺林峻　写真 中村真一郎　神戸新聞総合出版センター
『鬼の筆―戦後最大の脚本家・橋本忍の栄光と挫折―』　春日太一　文藝春秋
『四国西国巡礼』　監修 金岡秀友　主婦の友社
『空海の風景』上・下　司馬遼太郎　中央公論社
『四国お遍路バイブル』　横山良一　集英社新書
『はぐれ鷹』　平良雅景
『この地球永遠に美しく』　青砥謙之介
『春秋抄』　浅井青陽子
『奥のより道―自分史にかえて―』　奥喜代孝
『韓国を歩く』　編集　尹学準・黒田勝弘・関川夏央　集英社
『街道をゆく』二　韓のくに紀行　司馬遼太郎　朝日新聞社

『CHINA・中国総合版』発行・編集 ㈱ラテラネットワーク
『大連港で』 清岡卓行 福武文庫
『中国歴史の旅』（上）（下） 陳舜臣 集英社文庫
『北京の旅』 陳舜臣 講談社文庫
『街道をゆく 五 モンゴル紀行』司馬遼太郎 朝日新聞社
『週刊・街道をゆく モンゴル紀行』 朝日新聞社
『草原の遊牧文明―大モンゴル展によせて』 小長谷有紀 楊海英 編著 千里文化財団
『蒼き狼』 井上靖 新潮文庫
『チンギス・ハーン８００年目の帰還』 講談社学芸出版部（非売品）
『季語・歳時記 巡礼全書』 坂崎重盛 山川出版社
『俳句が伝える戦時下のロシア』 馬場朝子 編訳 現代書館
『ウクライナ、地下壕から届いた俳句』 ウラジスラバ・シモノバ 集英社インターナショナル
『俳句的生活』 長谷川櫂 中央新書

落山 泰彦（おちやま やすひこ）

昭和13（1938）年、兵庫県神崎郡神河町吉冨に生まれる。
兵庫県立福崎高校卒、関西学院大学商学部卒。
㈱帝国電機製作所（東証プライム上場）の役員を退任後、
文筆活動を続けている。
「別冊關學文藝」同人。

著書　『雲流れ草笛ひびき馬駆ける』（2011年2月）澪標
『目に青葉時の流れや川速し』（2012年7月）澪標
『花筏乗って着いたよお伽の津』（2013年12月）澪標
『へこたれず枯野を駆ける老いの馬』（2015年4月）澪標
『蚯蚓鳴く今宵はやけに人恋し』（2017年6月）澪標
『石語り人語り　石や岩の奇談をめぐって』（2018年12月）澪標
『石を訪ねて三千里』（2019年12月）澪標
『石たちの棲む風景』（2021年6月）澪標
『私の青山探訪』（2023年1月）澪標
『忍び音―追悼三話―』（2022年5月）銀河書籍　非売品

現住所　〒659-0035 芦屋市海洋町12番1-418号

旅と俳句のつれづれ草紙
二〇二四年二月四日発行
著　者　落山泰彦
発行者　松村信人
発行所　澪標《みおつくし》
大阪市中央区内平野町二-三-十一-二〇三
TEL　〇六-六九四四-〇八六九
FAX　〇六-六九四四-〇六〇〇
振替　〇〇九七〇-三-七二五〇六
印刷製本　株式会社ジオン
DTP　山響堂 pro.